안과 겉

안과 겉

김화영 옮김

Albert Camus

책세상

차례

* 이 책은 《안과 겉》(1998)의 개정판이다. 번역 대본으로 *Œuvres complètes*, Tome I (Gallimard, 2006)을 참조했다.

장 그르니에에게

서문

    이 책에 수록된 에세이들은 1935년과 1936년 사이에(그때 내 나이 스물두 살이었다) 쓴 것으로, 그로부터 1년 후 알제리에서 매우 적은 부수로 출간되었다. 그 초판은 오래전부터 절판되어 구할 수 없는 상태였지만 나는 늘 《안과 겉》의 재출간을 거절해왔다.

    나의 고집에 무슨 불가사의한 까닭이 있는 것은 아니다. 이 글들에 표현된 내용 중 어느 것 하나 부인하는 바 아니지만, 그것들의 표현 형식이 나에게는 늘 미숙해 보였다. 예술에 대하여 나도 모르는 사이에 품게 된 선입관들 때문에(이에 관해서는 뒤에 설명하겠다) 나는 오랫동안 이 책의 재판을 찍어낼 엄두를 내지 못했다. 이 말은, 얼핏 생각하면 대단한 자존심의 발로 같아 보여서, 만일 그렇다면 내가 나의 다른 글들은 나무랄 데 없이 만족스럽다고 여기는 듯한 인상을 줄지도 모른다. 전혀 그런 뜻이 아니라는 것을 구태여 밝힐 필요가 있을까? 다만, 다른 글들의 미숙함을 모르는 바 아니지만 《안과 겉》의 서투른 면이 유독 내 마음에 걸리는 것이다. 나의 마음에 가장 깊숙이 닿아 있는 주제를 다루는 터에 표현의 미숙함 때문에 그 주제가 다소 잘못 표현되고 있음을 인정하는 수밖에 그 까닭을 달리 설명할 길이 없다. 이 글의 문학적 가치의 문제를 일단 지적해두었으니, 이제 이 조그만 책이 지닌 증언으로서의 가치가 나에게는 말할 수 없이 크다는 것을 숨김없이 말할 수 있다. 나는 분명 '나에게는'이라고 했다. 왜냐하면 이 책은 내 앞에서 증언하고 있고, 나만이 그 깊이와 어려움을 알고 있는 터인 어떤 성실성을 다름 아닌 나에게 요구하기 때문이다. 왜 그러한가를 나는 여기서 말해보고자 한다.

브리스 파랭Brice Parain*은 자주 이 소책자에 내가 쓴 것들 중에서 가장 훌륭한 글이 실려 있다고 주장하지만 그의 판단은 옳지 않다. 내가 이렇게 말하는 것은 (파랭의 공정함을 아는 만큼) 남들이 어이없게도 지금의 나보다 과거의 내가 더 낫다고 할 때면 어느 예술가나 다 느끼게 마련인 안타까움 때문이 아니다. 그렇지 않다. 그는 잘못 생각한 것이다. 천재가 아닌

* Brice Parain(1897~1971). 프랑스 철학자. 갈리마르 출판사에서 《언어의 본질과 기능에 관한 연구》, 《플라톤의 로고스 시론》 등 다수의 저서를 펴냈다.

한, 스물두 살엔 글을 어떻게 써야 하는지 겨우 알까 말까 하는 법이니 말이다. 그러나 기교를 싫어하는 슬기로운 사람이요 연민憐憫의 철인인 파랭의 말이 무엇을 의미하는지 나는 잘 안다. 그가 말하고자 하는 바는(그리고 그의 말은 옳다), 서투르게 쓴 이 책에는, 그 뒤에 나온 다른 모든 책에서보다 더 진정한 사랑이 담겨 있다는 것이다.

예술가는 그처럼 저마다 일생을 두고 그의 됨됨이와 그가 말하는 것에 자양을 공급해주는 단 하나뿐인 샘을 내면 깊은 곳에 지니고 있다. 그 샘이 고갈되면 작품은 말라비틀어지고 쪼개져버리는 것을 목격하게 된다. 그것은 눈에 보이지 않는 지하수가 더 이상 적셔주지 못하게 된 예술의 메마른 땅의 모습이다. 머리털이 빠지고 메말라서, 그루터기만 남은 밀밭같이 변하면, 예술가는 침묵 아니면 사교계 출입에나—결국 둘다 마찬가지지만—어울리는 처지가 된다. 나의 경우, 나의 샘은 《안과 겉》 속에, 내가 오랫동안 몸담아 살아온 그 가난과 빛의 세계 속에 있다는 것을 알고 있다. 그 세계의 추억이 지금도, 모든 예술가를 위협하는 상반되는 두 위험, 즉 원한과 자기만족으로부터 나를 지켜주고 있는 것이다.

우선, 가난이 나에게 불행이었던 적은 한 번도 없다. 빛이 그 부富를 그 위에 뿌려주는 것이었다. 심지어 나의 반항들까지도 그 빛으로써 환하게 밝아졌었다. 나의 반항은 언제나 모든 사람을 위한, 모든 사람의 삶이 빛 속에서 향상되도록 하기 위한 반항이었다는 것을 나는 거짓 없이 말할 수 있다. 그러나 나의 마음이 자연스럽게 그러한 종류의 사랑에 기울어져 있었는지는 확실하지 않다. 때와 장소가 나를 도왔다. 나의 타고난 무관심을 고칠 수 있도록 나는 빈곤과 태양의 중간에 놓인 것이다. 빈곤은 나로 하여금 태양 아래서라면, 그리고 역사 속에서라면 모든 것이 다 좋다고 믿지 못하도록 만들었다. 태양은 나에게 역사가 전부가 아니라는 것을 가르쳐줬다. 삶을 변화시키는 것은 좋다. 그러나 내게는 신과도 같은 이 세계를 변화시키는 것은 안 된다. 아마도 그렇기 때문에 나는 지금 몸담고 있는 이 편치 못한 직업세계로 들어섰고, 멋모르고 곡예사처럼 줄 위에 올라탄 채, 목표에 이를 수 있다는 확신도 없이, 힘겹게 앞으로 나아가고 있는 것이리라. 다시 말해서 나는 예술가가 된 것이다. 거부가 없이는, 그리고 동의가 없이는, 예술이란 있을 수 없다는 것이 사실이라면 말이다.

아무튼 나의 어린 시절 위로 내리쬐던 그 아름답고 후끈한 햇볕 덕분에 나는 원한이란 감정을 품지 않게 되었다. 나는 빈곤 속에서 살고 있었으나 또한 일종의 즐거움 속에서 살고 있었던 것이다. 나는 무한한 힘을 나 자신 속에서 느끼고 있었다. 다만 그 힘을 쏟을 곳을 찾아내기만 하면 됐다. 그러한 나의 힘을 가로막는 장애는 가난이 아니었다. 아프리카에서 바다와 태양은 돈 안 들이고 얻을 수 있는 공짜다. 장애가 되는 것은 오히려 편견과 어리석음이었다. 그리하여 나로서는 '카스티야 기질[*]을 발휘할 기회가 얼마든지 있었고, 그 기질이 끼친 해독이 여간 아니었다. 나의 벗이요 스승인 장 그르니에도 그 점을 꼬집곤 하는데, 그의 생각이 옳은지라 그 점을 고쳐보려고 노력했지만, 타고난 천성은 곧 숙명임을 깨닫고는 단념해 버렸다. 그렇다면 샹포르[**]가 말했듯이, 자신의 성격상 감당하지 못할 원칙들을 스스로에게 강요하려 들기보다는 차라리 스스로의 교만함을 인정하고 그것이 보람되게 쓰이도록 애써보는 편이 나을 것 같았다. 그러나 마음속으로 자문해본 결과, 내게도 많은 약점들이 있지만 우리들 사이에서 가장 흔히 발견되는 결점, 여러 사회와 각종 주의主義의 진정한 암적 존재, 즉 시기심만은 한 번도 그 속에 모습을 드러낸 적이 없었다는 것을 나는 증언할 수 있다.

그러한 다행스러운 면역免疫의 공적은 나의 몫이 아니다. 그것은 무엇보다도, 거의 모든 면에서 궁핍하기 짝이 없었지만 거의 아무것도 부러워하지 않았던 나의 가족들 덕택이다. 글도 읽을 줄 모르던 그 가족은, 오직 그 침묵과 신중함과 천부의

---

* 11세기 이래 19세기까지 이베리아반도 중북부 부르고스 톨레도를 중심으로 부침을 거듭한 카스티야 지방 사람들 특유의 무심한 성격.
** Sebastien-Roch Nicola Chamfort(1740~1794). 비극적 위트를 구사하는 것으로 유명한 프랑스 작가. 카뮈는 샹포르의 《잠언집》에 서문을 쓴 바 있다. (《스웨덴 연설·문학비평》 참조)

질박한 자존심만을 통해서 나에게 가장 드높은 가르침을 주었으며, 그 가르침은 지금껏 지속되고 있다. 그리고 나 자신도 너무나 눈앞의 감각에 열중해 있어서 미처 다른 것을 꿈꿀 틈이 없었다. 지금도 나는 파리에서 엄청나게 부유한 삶을 목도할 때면, 거기서 내가 느끼는 격원감隔遠感에는 일말의 동정심이 깃들어 있다. 세상에는 불공평한 일이 많지만, 아무도 언급하지 않는 것이 하나 있는데 그것은 바로 기후의 불공평이다. 나는 나도 모르게 오랫동안 그러한 불공평의 수혜자였다. 열혈 박애주의자가 이 글을 읽고 퍼부어대는 비난의 소리가 들리는 것만 같다. 내가 노동자는 부유하고 부르주아는 가난하다는 식으로 생각하게 함으로써 더 오랫동안 노동자들을 노예 상태로 붙잡아둔 채 부르주아의 권세를 보존하게 하려는 저의를 갖고 있다고 말이다. 아니다, 그런 말이 아니다. 그와 반대로, 성년에 이르러서야 비로소 내가 우리네 도시들의 저 살벌한 변두리 동네에서 처음으로 발견한 바지만, 가난에 하늘도 희망도 없는 생활이 더해져 겹쳐질 때, 그때야말로 결정적인, 차마 눈 뜨고 볼 수 없는 불공평이 완성되는 것이다. 정말이지 그러한 사람들이 궁핍과 추악함이라는 이중의 굴욕으로부터 벗어나도록 모든 노력을 아끼지 말아야 한다. 나는 노동자들이 사는 거리에서 가난하게 태어났지만, 그 썰늘한 변두리 지역들을 목도하기 전까지는 진정으로 불행이 어떤 것인지 알지 못했다. 아랍 사람들의 극빈조차도, 머리 위에 이고 있는 하늘이 다르고 보니 그것에 비교될 것이 못 된다. 그러나 변두리의 공장 지대들을 눈으로 보고 나면, 우리는 자신이 영원히 오염된 느낌을 지울 수 없고 자신이 그들의 삶에 책임이 있음을 느끼게 된다.

내가 앞서 말한 것은 그래도 여전히 변함없는 사실이다. 나는 이따금, 나로서는 상상조차 할 수 없이 큰 재산에 파묻혀 사는 사람들을 만난다. 그러나 나로서는 그런 큰 재산을 부러워할 수 있다는 사실을 이해하자면 노력이 필요하다. 오래전 일이지만, 나는 일주일 동안 이 세상의 행복을 마음껏 누리며 살아본 적이 있다. 바닷가에서 지붕도 없이 잠을 자고, 과일로 양식을 삼으면서 매일같이 반나절은 인적이 없는 바다에서 지냈다. 그때 나는 하나의 진리를 배웠는데, 그 진리란 안락이나 안정의 징후들이 나타나기만 하면 그런 것들을 빈정거림과 불쾌감, 그리고 때로는 분노로써 맞이하도록 강요하는 것이었다. 지금 나는 내일에 대한 걱정 없이, 그러니까 다시 말하면 특혜받은 자로서 살고 있기는 하지만, 나는 소유할 줄을 모른다. 내가 가진 것, 내가 애써 가지려고 하지 않았지만 나에게 주어진 것 중 어느 것도 나는 간직할 줄을 모른다. 그것은 낭비벽 때문이라기보다는 다른 어떤 종류의 인색함 때문인 것 같다. 재물이 지나치게 많아지기 시작하면 즉시 사라져버리고 마는 자유에 나는 인색한 것이다. 나에게 가장 큰 사치들 중에서 최대의 사치는 언제나 일종의 헐벗음과 일치하는 것이었다. 나는 아랍 사람들 또는 스페인 사람들의, 저 아무 꾸밈없는 헐벗은 집을 좋아한다. 내가 몸담아 살고 일하기를 좋아하는 곳(그리고 더 드문 일이겠지만, 나로서는 거기서 죽어도 괜찮다고 여겨지는 곳)은 호텔 객실이다. 나는 한 번도 집안 생활이라고 불리는 것(그것은 내면생활과는 오히려 정반대의 것이지만)에 빠져들 수가 없었다. 이른바 부르주아적이라고 하는 행복은 나에게는 따분하고 두렵기까지 하다. 하기야 그러한 적응 능력 결핍은 전혀 뽐낼 것이 못 된다. 그것은 나의 좋지 못한 결점들을 길러주는 데 적잖은 몫을 했다. 아무것도 부러워하지 않는다는 것, 그것은 나의 권리다. 그러나 나는 다른 사람들의 부러워하는 심정에 생각이 미치지 못할 때가 있어, 그것이 나에게서 상상력을, 즉 남에 대한 친절을 앗아가버린다. 사실 나는 개인적 용도로 만들어 둔 좌우명이 하나 있다. "큰일에 임해서는 자신의 원칙들을 세워 그에 따를 것이되, 작은 일에는 그저 자비심이면 족하다." 아! 슬픈 일이지만 사람은 타고난 천성의 결함을 메우기 위해서 좌우명을 만든다. 나의 경우, 내가 말하는 자비심이란 차라리 무관심이라 불러 마땅하다. 그 효과는, 짐작이 가겠지만, 별로 신통한 것이 못 된다.

그러나 나는 빈곤하다고 해서 반드시 시기심이 생기는 것은 아니라는 점을 강조하고 싶을 따름이다. 심지어 그 뒤에 중병에 걸려서 잠시 동안 살아갈 힘을 잃고, 그로 인해 내 속의 모든 것이 온통 변해버렸을 때에도, 그 때문에 맛보았던 눈에 보

안과 겉

이지 않는 장애와 전에 없던 허약함에도 불구하고, 나는 공포
감과 낙담은 경험했어도 한 번도 원망이란 것은 알지 못하고
지냈다. 그 병은 틀림없이 내가 이미 받고 있던 속박들에다가
또 다른 속박을, 그것도 가장 가혹한 구속을 덧보태줬다. 그러
나 그 병은 결국 저 마음의 자유를, 인간적인 이해관계들에 대
한 저 홀가분한 거리두기를 조장했고, 그것은 항상 내가 원한
의 마음을 품지 않도록 막아주었다. 파리에서 살게 된 뒤로 나
는 이 특권이 아주 대단한 것임을 알게 되었다. 그런데도 나는
이 특권을 무제한으로, 유감없이 누릴 수 있었고, 적어도 지금
까지는 그것이 나의 삶 전체를 환히 비추어주었다. 예컨대, 예
술가로서의 나의 삶은 찬미 속에서 시작되었다. 이건 어떤 의
미에서는 지상 천국이라고도 할 만하다. (다들 알다시피, 그와
는 반대로 오늘날 프랑스에서 문단에 데뷔하기 위해서는, 그
리고 심지어 거기서 퇴장하기 위해서도, 어떤 한 예술가를 골
라서 야유를 퍼붓는 것이 관례가 되어 있다.) 그와 마찬가지로
한 인간으로서의 나의 열렬한 감정도 무엇에 '적대적'으로 발
휘된 적은 한 번도 없었다. 내가 좋아한 사람들은 언제나 나보
다 더 낫고 더 훌륭했다. 그러므로 내가 겪었던 빈곤은 나에게
원한을 가르쳐준 것이 아니라 반대로 어떤 변함없는 충직함,
그리고 말없는 끈기를 가르쳐줬던 것이다. 내가 그것을 잊어
버리는 일이 있었다면 그 책임은 오로지 나에게, 또는 나의 결
점들에 있는 것이지, 내가 태어난 그 세계에 있는 것이 아니다.

내 직업을 수행하는 데 있어서 내가 결코 자기만족에 빠지지 않도록 해준 것 역시 그 시절의 추억이다. 여기서 나는, 작가들이 보통은 이야기하지 않고 지내는 것을 가능한 한 솔직하게 말해보고자 한다. 어떤 이는 성공작이다 싶은 한 권의 책이나 한 페이지의 글을 앞에 놓고 만족감을 느끼는 것도 같지만, 내가 이야기하려는 것은 그것조차도 아니다. 많은 예술가들이 그런 만족감을 맛보는지 어떤지 나는 알지 못한다. 나로서는, 다 쓴 글 한 페이지를 다시 읽어보면서 한 번이라도 기쁨을 느껴본 적이 있었던 것 같지 않다. 심지어(내 말이 곧이곧대로 받아들여질 것을 각오하고 하는 말이지만) 내 책들 중 어떤 것들이 호평을 받을 때면 나는 항상 뜻밖이어서 놀라곤 했다는 것을 고백하는 바이다. 물론 우리는 그러한 성공에 익숙해져버린다. 그것도 상당히 추하게. 그러나 오늘날까지도, 내가 그 진가를 인정하는 몇몇 생존 작가들에 견줘보면 나 자신은 아직 풋내기에 지나지 않는다고 느껴지는 것이다. 그런 가장 으뜸가는 작가들 중 한 사람은 벌써 20년 전에 내가 이 에세이를 헌정한 바 있는 바로 그분*이다. 물론 작가에게는 삶의 보람으로 삼는 기쁨이 있고 그 기쁨만으로 더없는 충족감을 얻을 수 있다. 그러나 나의 경우, 그러한 기쁨과 마주치게 되는 것은 착

---

* 장 그르니에 (원주)

상이 떠오르는 때, 주제가 모습을 드러내고 돌연 눈이 밝아진 감수성 앞에서 작품의 윤곽이 그려지는 순간, 상상력과 지성이 완전한 하나로 융합되는 저 감미로운 순간이다. 그러한 순간들은 홀연히 나타났다가 또 홀연히 사라져버린다. 그러고 나면 뒤에 남는 것은 실제의 글쓰기, 다시 말해서 길고 긴 고역이다.

또 다른 면으로 보면 예술가에게는 허영심에서 맛보는 즐거움도 있다. 작가의 직업은, 특히 프랑스 사회에서는, 대부분 허영심의 직업이다. 사실 이건 경멸의 의미로 하는 말이 아니고, 그 점을 별로 유감스럽게 여기지도 않는다. 이 점에 있어서 나도 다른 사람들과 다를 바 없다. 어느 누가 과연 이 우스꽝스러운 결함으로부터 자유롭다고 할 수 있겠는가? 따지고 보면, 시기와 조롱을 피할 수 없는 사회에서 우리 작가들은 언젠가 반드시 비웃음을 받는 가운데 그런 한심한 즐거움의 대가를 참혹하게 치르게 마련이다. 그런데 20년의 문학 생활을 통해서 나의 직업이 그런 즐거움을 맛보게 해준 적은 별로 없었고, 그것도 시간이 지날수록 점점 줄어들기만 했다.

내 직업의 공적인 수행에 있어서 언제나 나를 안이한 자기만족에 빠지지 못하게 하고, 그토록 영합을 거절하게 만든 것도(그런 거절 덕분에 내게 언제나 친구만 생긴 건 아니었다) 바로 《안과 겉》에서 엿볼 수 있는 진실의 기억들이 아닌가? 치하나 찬사를 모른 체 무심히 지나치면 치하하는 사람들 쪽에서는 자기를 우습게 여긴다고 넘겨짚는다. 이쪽은 단지 스스로에게 자신이 없을 뿐인데. 마찬가지로, 만약 내가 문단 생활을 통해서 흔히 보았듯 신랄함과 영합적인 태도를 적당히 섞어서 보여주었더라면, 그리고 다른 많은 사람들처럼 과시욕을 한껏 드러내기라도 했더라면, 나는 좀 더 많은 공감을 얻을 수 있었을 것이다. 요컨대 나도 남들처럼 놀이의 규칙을 지킨 것이 되니 말이다. 그러나 어쩌랴, 내겐 그런 놀이가 통 재미가 없으니! 뤼방프레나 쥘리앙 소렐*의 야망이 내 눈에는 너무 소박하고 겸손해 보여서 어리둥절해질 때가 많다. 니체, 톨스토이 또는 멜빌의 야망은 그들의 실패 그 자체 때문에 내 가슴을 뒤흔든다. 내심 깊은 곳에서 나는 결국, 가장 가난한 이들의 삶이나 정신의 위대한 모험들을 대할 때에야 비로소 머리가 숙여질 따름이다. 그 두 가지 삶들 사이에 오늘날에는 웃음거리일 뿐인 하나의 사회가 있다.

오만하게도 "파리의 유명인사"라고 불리는 이들을 빠짐없이 다 마주치게 되는 유일한 장소인 연극의 '초연初演'에 이따금 찾아가 앉아 있노라면, 내게는 극장의 객석이 홀연히 사라져버리고, 눈앞에 보이는 모습 그대로의 세계가 존재하지 않

---

* 대혁명 이후 근대적 인물의 전형들로, 발자크의 소설 《잃어버린 환상》과 스탕달의 《적과 흑》에 등장하는 야망과 출세 지상주의적 주인공.

는 것 같은 인상을 받을 때가 있다. 내게 실제 현실로 보이는 것은 오히려 다른 사람들, 무대 위에서 절규하고 있는 저 위대한 모습들이다. 그럴 때 놀라 달아나버리지 않으려면, 그 관객들 역시 저마다 자신과 만나기로 약속되어 있다는 사실을, 그들도 그 점을 잘 알고 있으며 아마도 잠시 후면 그 만남이 이루어지게 된다는 사실을 상기할 필요가 있다. 그렇게 생각하면, 관객들 하나하나가 다시금 형제처럼 친근하게 느껴진다. 사회가 갈라놓는 사람들을 고독이 하나로 결합해주는 것이다. 그렇다는 것을 알면서 어떻게 세상 사람들의 비위를 맞추고, 하잘것없는 특권을 얻으려고 안달하고, 모든 책의 모든 저자들에게 찬사를 바치기에 급급하며, 호의적인 비평가에게 대놓고 감사를 표한단 말인가? 무엇 때문에 적수의 호감을 사려고 애쓰고, 더욱이 프랑스 사회가 페르노Pernod** 나 연애잡지presse du cœur***만큼이나 즐겨 쏟아놓는(적어도 저자 앞에서는 말이다. 일단 저자가 자리를 뜨고 나면…) 그 치하와 찬탄의 말들을 무슨 낯으로 받아들인단 말인가? 나로서는 결코 못할 노릇이다. 어쩔 수 없는 사실이다. 아마도 거기에는 그 좋지 못한 자존심이 상당 부분 작용하고 있을 것이다. 그 자존심이 내 속에서 차지

** 아니스를 주 원료로 하는, 프랑스 사람들이 즐겨 소비하는 리큐르.
*** 프랑스에서 1948~1955년 사이에 인기를 끌던 잡지와 신문들로, 주로 그림, 사진소설, 실화, 경험담, 연애 에피소드들을 실었다.

하는 정도와 영향력이 어떤지 나는 잘 알고 있다. 그러나 만약 문제가 그것뿐이라면, 오직 내 허영심에 걸린 문제라면, 칭찬의 말을 들을 때마다 매번 거북한 느낌을 받는 대신 그 반대로, 피상적일망정 그 말을 즐길 수 있을 것 같다. 그런데 그게 아니다. 내가 나와 같은 입장의 사람들과 공통적으로 갖는 허영심, 그것은 많은 부분 진실을 담고 있는 어떤 종류의 비평들에 특히 반응을 나타내는 것 같다. 칭찬하는 말을 들을 때면, 나 자신도 익히 아는 그 멍청하고 탐탁지 않은 표정을 짓게 되는 것은 내가 도도해서가 아니라, (일종의 선천적 결함인 양 내 속에 깊이 뿌리내린 저 무심함과 동시에) 그럴 때 찾아드는 어떤 기이한 감정, 즉 '그게 아닌데…' 하는 느낌 때문이다. 아니다, 그게 아니다. 그렇기 때문에 이른바 명성이라고 하는 것은 때로 어찌나 받아들이기가 어려운지, 그 명성을 잃어버리는 행동을 하면서 짓궂은 쾌감 같은 것을 느낄 정도다. 그와 반대로, 그토록 여러 해가 지난 뒤에 이번 재판을 펴내기 위하여 《안과 겉》을 다시 읽어보노라니, 어떤 페이지에서는 그 서투른 글 솜씨에도 불구하고, 나는 본능적으로 '그래, 바로 이거야'하고 알게 된다. 이것, 즉 그 노파, 어떤 말 없는 어머니, 가난, 이탈리아의 올리브나무들 위로 쏟아지는 빛, 고독하지만 사람다운 사랑, 나 자신의 눈에 진실을 말해주고 있다고 믿어지는 그 모든 것 말이다.

이 책의 글들을 썼던 시절 이래 나는 나이를 먹고 많은 일들을 경험했다. 스스로 깨달은 바 있어서 나의 한계와 약점들을 거의 다 알게 되었다. 사람들에 대하여 깨달은 바는 별로 많지 않다. 그것은 나의 호기심이 그들의 반응보다는 그들의 운명 쪽에 더 쏠리고, 운명은 흔히들 되풀이되기 때문이다. 그러나 나는 적어도 그들이 존재한다는 것을 깨달았고, 이기주의는 아예 부인될 수 있는 것은 아니지만 그것이 통찰력 있는 이기주의가 되도록 노력해야 한다는 것을 알게 되었다. 자기 자신을 즐긴다는 것은 불가능한 일이다. 그럴 수 있는 소질을 다분히 타고났음에도 불구하고 나는 그것이 불가능하다는 것을 안다. 나로서는 잘 모르는 일이긴 하지만 만약 고독이라는 것이 존재한다면, 우리는 가끔 무슨 낙원인 양 그것을 꿈꿀 권리가 있을 지도 모른다. 누구나 그러듯 나도 때로 고독을 꿈꾼다. 그러나 우두커니 지키고 있는 두 천사가, 내가 그 안으로 들어가는 것을 언제나 막았다. 한 천사는 친구의 얼굴을, 또 한 천사는 적의 모습을 하고 있다. 그렇다. 나는 그 모든 것을 안다. 또 대체로 사랑의 대가가 어떤 것인지도 알게 되었다. 그러나 인생 자체에 관해서는 지금도 《안과 겉》에서 서투르게 말했던 것보다 더 많이 알지는 못한다.

"삶에 대한 절망 없이는 삶에 대한 사랑도 없다." 이렇게 나는 그 글에서 다소 엄숙한 어조로 썼다. 그 당시 나는 내가 얼마나 옳은 말을 하는지 모르고 있었다. 그때만 해도 아직 진정한 절망의 시간들을 경험해보지 못했던 것이다. 그 뒤 나에게도 그러한 시간들이 닥쳐와 나의 내면에서 모든 것을 파괴할 수는 있었으나, 그래도 그 걷잡을 수 없는 삶의 의욕만은 파괴하지 못했다. 《안과 겉》의 가장 어두운 페이지들에서까지도 터져나오는 풍요롭고도 동시에 파괴적인 그 열정을 나는 아직도 주체하지 못한 채 괴로워한다. 전 생애를 통해서 우리가 진실로 사는 것은 몇 시간에 불과하다고 말한 사람도 있다. 그 말은 어떤 의미에서는 맞고 또 어떤 의미에서는 틀리다. 왜냐하면, 이 책에 수록된 에세이들 속에서 독자들이 느끼게 될 그 굶주린 열정은 그 뒤에도 나를 떠난 일이 없었고, 결국 그것은 최상의 면에서나 최악의 면에서나 인생 바로 그 자체이기 때문이다. 물론 나는 그 열정이 내 마음속에 자아내는 최악의 것을 고쳐보고 싶었다. 누구나 그렇게 하듯 나 역시 도덕의 힘을 빌어 내 천성을 이럭저럭 고쳐보려고 노력했다. 유감스럽게도 그것은 나에게 가장 비싼 대가를 요구했다. 사람이란 의욕만 가지면(나에게도 의욕은 없지 않다) 가끔 도덕에 입각하여 처신할 수가 있지만 진정으로 도덕적 존재가 되지는 못한다. 실제로는 정열의 인간이면서 도덕을 꿈꾼다는 것은, 정의를 부르짖는 바로 그 순간 불의에 빠져드는 것이 된다. 내 눈에는 이따금, 인간이란 살아 움직이는 불의 같아 보인다. 내가 바로 그렇다는 말이다. 그럴 때, 내가 이따금 쓰는 글에서 생각이 잘못되었거나 거짓말을 한 것 같다고 느끼게 되는 것은 어떻게 하면 나의 불의를 정직하게 알릴 수 있는지 그 방법을 모르기 때문이다. 물론 나는 한 번도 내가 정의롭다고 말한 적이 없다. 다만 그렇게 되려고 노력해야 한다는 것, 그것은 고통이요 불행이라는 것을 말한 적이 있을 뿐이다. 그러나 거기에 그리 큰 차이가 있을까? 스스로의 삶에 있어서 정의에 입각해 살아갈 능력도 없는 사람이 진정으로 정의를 설파할 수 있을까? 하다못해 정의롭지 못한 사람들의 미덕인 명예에 입각해 살 수만이라도 있다면! 그러나 우리가 사는 세계는 이 명예란 말을 외설스럽다고 여긴다. 귀족적이란 말은 문학에서나 철학에서나 욕설에 속하는 것이 되었다. 나는 귀족이 아니다. 나의 대답은 이 책 속에 있다. 나의 가족, 나의 스승, 나의 혈통은 거기 드러난 그대로다. 그리고 그들을 통해서 나를 모든 사람들과 맺어주는 것도 그 속에 있다. 그렇지만, 그렇다, 나는 명예가 필요하다. 그것 없이 지낼 수 있을 만큼 나는 위대하지 못하기 때문이다.

아무래도 좋다! 나는 다만, 이 책을 쓴 뒤로 많이 걸었으나 그다지 많이 발전하진 못했다는 것을 말하고 싶었을 따름이다. 앞으로 나아가는 줄 알았는데 기실 뒤로 물러나고 있을 때가 흔히 있었다. 그러나 결국은 나의 결점, 나의 무지, 나의 일편단심은 내가 《안과 겉》과 함께 열기 시작했던 옛날의 그 길로 언제나 되돌아오게 만들었다. 그 뒤 내가 행한 모든 것에는 그 옛길의 자취가 보이는가 하면, 지금도 나는 가령 알제의 어떤 아침이면, 그때와 똑같은 가벼운 도취감을 맛보며 그 길을 걸어간다.

　사정이 그렇다면, 대체 왜 오랫동안 이 빈약한 증언의 재판을 내는 것을 거부했던가? 첫째, 다시 말하거니와, 다른 사람들에게 도덕적이거나 종교적인 거부감이 있는 것과 마찬가지로 나의 마음속에는 예술적 거부감이 있기 때문이다. '그러는 게 아니다'라는 생각, 그러한 금기禁忌가, 자유로운 천성을 타고난 아들인 나에게는 아주 인연이 먼 것이지만, 어떤 준엄한 예술적 전통에 감탄을 금하지 못하는 노예로서의 내 마음 속에 굳게 자리 잡고 있는 것이다. 아마도 그 경계심은 또한 나의 뿌리 깊은 무절제를 겨냥하고 있어서 그런 점에서 유익한 것이기도 하다. 내 마음속의 무질서, 어떤 격렬한 본능들, 자칫 내가 빠져들 수도 있는 분별없는 무절제를 나는 익히 잘 알고 있다. 예술 작품은 제대로 만들어지려면 우선 영혼의 저 알 수 없는 힘들을 이용해야 한다. 그러나 그 분류와 같은 힘들의 물높이가 더욱 높아지도록 주위에 둑을 쌓아 물길을 유도하는 일도 해야 한다. 내가 쌓아 올린 둑들이 오늘날까지도 아직은 너무 높은지도 모른다. 그래서 이따금 그런 경직된 면도 드러나고…. 다만 내 실제 됨됨이와 내가 하는 말 사이에 균형이 이루어지게 되는 날, 그날에는 아마도 (이런 말을 감히 쓸 용기가 나지 않지만) 내가 꿈꾸는 작품*을 이룰 수 있을 것이다. 여기서 내가 말하고 싶었던 것은, 그 작품이 어느 모로 보든지 《안과 겉》과 흡사하리라는 것, 그리고 그 작품은 어떤 형태의 사랑에 대하여 말하리라는 것이다. 따라서 독자들은 이 젊은 시절의 에세이를 내가 나 혼자만의 것으로 간직해두었던 두 번째 이유를 이해할 수 있을 것이다. 우리에게 가장 귀중한 비밀들, 그걸 우리는 너무나 서투른 솜씨로 그리고 뒤죽박죽인 채로 내보이는 것이다. 또 우리는 그것들을 너무나 부자연스 럽게 꾸민 모습으로 드러내기도 한다. 그러니 그것들에 모종 의 형식을 부여할 능력을 갖춘 전문가가 되어, 끊임없이 그 비밀의 목소리를 들려주는 가운데 자연스러움과 기교를 대략 같은 분량으로 배합할 수 있을 때까지, 즉 존재할 수 있게 될 때 까지 기다리는 편이 낫다. 왜냐하면, 모든 것을 동시에 할 수 있다는 것이야말로 참으로 존재하는 것이기 때문이다. 예술에 있어서는 모든 것이 동시에 오든지 그렇지 않으면 아무것도 오지 않든지 할 뿐이다. 불꽃 없이는 빛도 없다. 어느 날 스탕 달은 외쳤다. "진정으로 나의 영혼은 타오르지 않으면 견디지 못하고 괴로워하는 불이다." 그 점에서 스탕달과 닮은 사람들 은 오로지 그 불꽃 속에서만 창조해야 마땅할 것이다. 불꽃의 정점에서 절규가 곧바로 솟아올라 그의 말들을 창조하고, 이 번에는 그 말들이 다시 절규를 되받아 반향하는 것이다. 나는

---

* 이 서문을 쓴 시기(1958년)로 보아, 카뮈가 "꿈꾸는 작품"은 아마도 미완 으로 남은 생애 최후의 소설 《최초의 인간》을 암시한다고 볼 수 있다.

서문

지금, 우리들 모두가, 스스로 예술가라고 확신을 가질 수는 없지만 그래도 다른 것일 수는 없다고 굳게 믿는 우리들 모두가, 마침내 진실로 살게 되기 위해서 하루하루 기다리고 있는 것이 무엇인지에 대해서 얘기하고 있는 것이다.

아무튼 그렇게 기다려야 하는 문제라면, 아마도 부질없어 보이지만 이제 와서 이 책을 다시 펴내도 좋다고 승낙하는 이유는 무엇인가? 첫째로, 독자들이 나를 설득할 이유를 찾아 냈기 때문이다.* 다음으로, 예술가의 생애에는, 상황을 점검하여 자신의 중심으로 다가가서 마침내 그 중심에서 스스로를 가눌 수 있도록 노력해야 하는 때가 반드시 오기 때문이다. 오늘이야말로 바로 그럴 때이며 그 점에 대해서 나는 더 이상 말할 필요가 없다. 하나의 언어를 구축하고 신화神話들에 생명을 불어넣으려는 그토록 많은 노력에도 불구하고 만약 내가 어느 날엔가 《안과 겉》을 다시 쓰는 데 성공하지 못한다면, 나는 결국 아무것도 성공하지 못한 것이나 마찬가지다. 이것이 나의 막연한 믿음이다. 하여튼 내가 그 일을 이루고 말 것이라고 꿈꿔보고, 한 어머니의 저 탄복할 만한 침묵, 그리고 그 침묵과 균형을 이루는 정의, 혹은 사랑을 찾으려는 한 인간의 노력을

---

* 그 이유는 간단하다. "이 책은 이미 존재하지만 극히 적은 부수뿐이어서 서점에서 비싼 값에 팔렸다. 왜 오직 부유한 독자들만이 그 책을 읽을 권리가 있단 말인가?" 정말이지 왜? (원주)

안과 겉

다시 한번 더 그 작품의 중심에 두겠다고 상상해보는는 것을 방해할 것은 아무것도 없다. 삶이라는 꿈속에, 여기 한 인간이 있어, 죽음의 땅 위에서 자신의 진리들을 발견했다가 다 잃고 숫한 전쟁과 아우성, 정의와 사랑의 광란, 그리고 또 고통을 거쳐, 죽음 그 자체가 행복한 침묵인 저 평온한 조국으로 마침내 돌아온다. 그리고 또 여기… 그렇다, 적어도 내 그것만은 근거도 확실하게 알고 있나니, 바로 이 추방의 시간에도, 인간이 이룩하는 작품은, 예술이라는 우회의 길들을 거쳐서, 처음으로 가슴을 열어 보였던 두세 개의 단순하고도 위대한 이미지들을 다시 찾기 위한 기나긴 행로에 다름 아니라고, 꿈꿔보지 못하게 방해할 것은 아무것도 없다. 그렇기 때문에 아마도 나는 노력과 창작생활의 20년을 거치고 나서도, 여전히 나의 작품은 아직 시작조차 하지 않았다고 생각하며 살아가고 있는 것이리라. 이 책의 재판을 내는 기회에 내가 쓴 글의 처음 페이지들로 되돌아가는 순간부터 여기에 적어두고 싶었던 것은 무엇보다도 바로 그것이다.

아이러니

2년 전에 나는 어떤 노파를 알게 되었다. 그 노파는 병에 걸려 고생하고 있었는데, 그걸로 꼭 죽는 줄 알았었다. 오른쪽 반신이 완전히 마비된 것이었다. 이 세상에 가진 것은 몸의 반쪽뿐이었고 다른 반쪽은 이미 그녀의 것이 아니었다. 가만히 있질 못하고 수다스러운 그 자그마한 노파가 별수 없이 침묵과 무위를 강요당했던 것이다. 길고 긴 나날을 홀로 지내고 문맹에다가 감각도 온전치 못하고 보니 그녀의 삶은 온통 신神에게만 쏠려 있었다. 노파는 신을 믿었다. 그 증거로 그녀는 묵주와 납으로 된 그리스도상像, 그리고 아기 예수를 안고 있는 생조셉 석고상을 지니고 있었다. 자기의 병이 불치병인지는 확실히 알 수 없었지만 그녀는 사람들이 그녀에게 관심을 기울이도록 하려고 불치병이 맞다고 단언했고, 그 나머지 일에 대해서는 그녀가 그토록 형편없게 사랑하는 신에게 맡기고 있었다.

그날, 어떤 사람이 그녀에게 관심을 보였다. 한 젊은 남자였다. (그는 거기에 어떤 진실이 있다고 생각했고, 게다가 그녀가 머지않아 죽는다는 것을 알고 있었지만, 그렇다고 그런 모순을 해결해볼 생각은 하지 않았다.) 그는 노파의 권태에 진심으로 관심을 보였다. 그걸 노파는 분명히 느꼈다. 병든 여자에게 그 관심은 기대 밖의 횡재였다. 노파는 그에게 자기가 겪는 온갖 괴로움들을 열을 올리며 늘어놓았다. 이젠 기력이 바닥났으니, 젊은 사람들에게 자리를 비켜주는 게 도리라는 것이었다. 심심하냐고? 그야 물론이었다. 말을 걸어주는 사람이 없었다. 강아지처럼 제 구석에 처박혀 지내고 있었다. 이젠 끝장을 내는 게 낫겠다고 했다. 다른 사람의 짐이 되느니 차라리 죽어 없어지고 싶다는 것이었다.

노파의 목소리는 시비조로 변했다. 물건 값을 흥정하는 시장바닥의 목소리였다. 그렇지만 젊은 남자는 이해했다. 그렇다 해도 죽는 것보다는 차라리 다른 사람의 짐이 되는 편이 낫다는 생각이었다. 그러나 그 생각은, 아마도 그가 한 번도 남의 짐이 되어본 적이 없었다는 딱 한 가지 증거에 지나지 않았다. 때마침 묵주가 눈에 띄어서 그는 노파에게 "그래도 부인께는 하느님이 계시잖아요" 하고 말했다. 맞는 말이었다. 그러나 그 문제를 가지고도 그녀는 야속한 일을 당하곤 했다. 어쩌다가 오랫동안 기도에 몰두한 채 양탄자 무늬에 멍하니 눈길을 던지고 있노라면 그녀의 딸이 이러는 것이었다. "또 기도를 하

안과 겉

시네." "그게 너하고 무슨 상관이야?" 하고 병자가 말할라치면, "상관이야 없지만, 이젠 정말 지겹다니까요" 하는 것이다. 그러면 노파는 할 말을 잃고 원망이 가득한 눈초리로 오랫동안 딸을 쏘아보았다.

젊은이는 그 모든 이야기에 귀를 기울이면서 일찍이 느끼지 못했던 큰 고통에 가슴이 답답해지는 것을 느꼈다. 노파는 또 말했다. "저도 늙으면 똑똑히 알게 될 걸. 저 역시 기도가 필요해 질 테니까!"

그 노파가 이제 모든 것에서 다 해방되었으나 신만은 예외라는 것을 느낄 수 있었다. 하는 수 없이 정숙한 여자가 되어, 그 마지막 남은 고통에 온통 몰두해 있는 노파는 자기에게 남은 것이야말로 사랑을 바칠 만한 유일한 대상이라고 너무 손쉽게 믿은 나머지, 마침내 신을 믿는 인간의 비참 속으로 돌이킬 수 없이 빠져든 것이다. 그러나 삶의 희망이 되살아나면, 신은 인간의 관심사에 대적할 만한 힘이 부족하다.

모두들 식탁에 자리를 잡았다. 젊은이가 저녁 초대를 받은 날이었다. 노파는 저녁에 음식이 잘 내려가지 않아서 식사를 하지 않았다. 그녀는 여태껏 자기 이야기에 귀를 기울여주었던 사람 등 뒤의 한구석에 혼자 남아 있었다. 그래서 젊은이는 자신을 지켜보는 등 뒤의 시선에 신경이 쓰여서 제대로 먹지 못했다. 그러는 동안에도 저녁 식사는 이어졌다. 그날 모임을 더 연장해 모두들 영화를 보러 가기로 의견을 모았다. 마침 재미난 오락 영화가 상영되고 있었다. 젊은 남자는 자기 등 뒤에 여전히 버티고 있는 사람 생각은 하지도 못한 채 엉겁결에 승낙해버렸다.

회식자들은 외출하기 전에 손을 씻으려고 자리에서 일어났다. 노파가 함께 간다는 것은 물론 생각도 못할 일이었다. 반신불수가 아니라 하더라도 본래 아는 것이 없는 탓에 영화의 내용을 이해하지 못할 것이었다. 말로야 자기는 영화를 좋아하지 않는다고 했지만 사실은 이해하지 못하는 것이다. 그래서 노파는 늘 앉는 자신의 구석 자리에서 손에 쥔 묵주 알에 속없이 깊은 관심을 기울이고 있었다. 그녀는 자신의 믿음을 송두리째 묵주에 쏟았다. 그녀가 간직하는 세 개의 물건이 그녀에게는 신의 세계가 시작되는 물질적 출발점의 표시였다. 묵주와 그리스도상, 혹은 생조셉상에서 시작해 그것들 뒤로 크고 깊은 어둠의 세계가 열리니 노파는 거기에 모든 희망을 걸고 있었다.

모두들 채비를 마쳤다. 노파에게 다가가 뺨에 입을 맞추고 안녕히 주무시라는 인사를 하려는 참이었다. 노파는 벌써 알아차리고 묵주를 힘껏 그러쥐었다. 그러나 그 몸짓은 열성의 표현인 동시에 그에 못지않게 절망의 표현 같았다. 모두들 노파에게 키스를 했다. 남은 것은 젊은이뿐이었다. 그는 노파의 손을 다정스럽게 잡아 악수를 하고는 이내 돌아서려고 했다. 그러나 노파가 보기에는 자기에게 관심을 가져주었던 사람이

안과 겉

떠나는 것이었다. 그녀는 혼자 남아 있고 싶지 않았다. 그녀의 머리에는 벌써부터 그녀의 지긋지긋한 고독, 시간이 흘러도 도무지 오지 않는 잠, 허무하기만 한 신과의 대면이 떠올랐다. 노파는 무서운 생각이 들었고, 이제는 그 남자에게서만 안식을 얻을 수 있기에, 그녀에게 관심을 나타낸 유일한 존재에게 매달려 그의 손을 놓지 않으려고 꼭 그러쥔 채, 그렇게 매달리는 행동이 그럴싸하게 보이도록 서투른 감사의 말을 늘어놓고 있었다. 젊은이는 난처했다. 다른 사람들은 어서 나오라고 그를 재촉하며 뒤돌아보았다. 9시 영화라서 매표소에서 줄을 서서 기다리지 않으려면 조금 일찍 도착해야 한다는 것이었다.

젊은이는, 자신이 여태껏 목도했던 것 중에서 가장 참담한 불행(영화 보려고 혼자 버려둔 불구 노파의 불행)을 눈앞에 두고 있다는 것을 느꼈다. 그는 그곳에서 자리를 뜨고 빠져나가고 싶었다. 아무것도 알고 싶지 않아서 손을 빼내려고 했다. 한순간 그는 노파에 대한 사나운 증오심이 솟구쳐 그녀의 뺨을 후려갈겨주고 싶은 생각이 들었다.

마침내 그는 그 자리에서 물러나 그곳을 떠날 수 있었다. 그동안 병든 여인은 안락의자에서 절반쯤 몸을 일으키고, 그녀가 마음을 의탁할 수 있었던 유일한 확실성이 사라지는 것을 몸서리치며 바라보고 있었다. 이제 그녀를 보호해주는 것은 아무것도 없었다. 그리하여 온통 자신의 죽음에 대한 생각에만 몰두한 채, 그녀는 자기를 두렵게 하는 것이 정확하게 무엇인지는 알 수 없었지만, 혼자 남아 있기는 싫다는 것을 느낄 수 있었다. 신은 아무런 도움이 되지 못했고 기껏 그녀를 사람들로부터 떼어놓고 고독하게 만드는 게 고작이었다. 그녀는 사람들에게서 떨어져 있고 싶지 않았다. 그래서 그녀는 울기 시작했다.

다른 사람들은 벌써 길에 나가 있었다. 끈질긴 회한이 젊은이의 마음을 괴롭혔다. 그는 눈을 들어 불이 켜진 창문을 쳐다보았다. 침묵에 잠긴 집에 뚫려 있는 커다란 죽은 눈알. 그 눈알이 감겼다. 병든 노파의 딸이 젊은이에게 말했다. "어머닌 혼자 있을 때면 늘 불을 꺼요. 어둠 속에 있는 걸 좋아해요."

그 노인은 의기양양 미간을 찌푸리며 인상을 써댔고, 거만하게 검지를 흔들며 말했다. "나는 말이야, 아버지한테 일주일 용돈으로 오 프랑씩 받아. 그걸로 다음 토요일까지 노는 데 쓰라는 거지. 그런데 말씀이야, 거기서도 난 몇 푼씩 따로 떼어서 모아둘 수 있었거든. 우선, 약혼자를 만나러 갈 때만 하더라도 난 가는 데 사 킬로미터, 돌아오는 데 사 킬로미터나 되는 길을 글쎄 들판을 가로질러 걸어 다녔단 말씀이야. 정말이지 여보게들, 요즘 젊은이들은 어째 재미있게 놀 줄을 모른다니까, 글쎄." 세 명의 젊은이들과 그 노인, 이렇게 그들은 둥근 탁자에 둘러 앉아 있었다. 노인은 자기의 신통할 것 없는 모험담을 늘어놓고 있었다. 아주 대단한 것처럼 내세워 떠벌리는 어리석은 이야기들이며, 승리라도 거둔 것처럼 자랑해대지만 따분하기 짝이 없는 일들이 고작이었다. 그는 이야기 사이사이에 적절하게 침묵하는 재주도 없었다. 그저 듣는 사람들이 자리를 떠버리기 전에 모든 걸 다 말해야겠다 싶어서 마음이 급했다. 그는 자신의 과거사에서 듣는 사람들의 흥미를 끌만 한 것을 골라잡았다. 남에게 자기 이야기를 들려주고 싶어 안달인 것이 그의 단 한 가지 악벽이었다. 남이 빈정대는 눈길을 던지거나 비웃어대도 한사코 못 본 척했다. 젊은이들 눈에 그는, 자기 때는 만사가 잘 돌아갔었다는 식의 한 늙은이에 지나지 않건만, 본인은 경험으로 압도하는 존경받는 선배라고 믿고 있었다. 경험이란 일종의 패배라는 것을, 모든 걸 다 잃고 나서야 겨우 뭔가를 좀 알게 된다는 것을 젊은이들은 모른다. 그는 고생을 많이 했다. 그러나 그런 이야기는 전혀 하지 않았다. 행복한 것처럼 보이는 편이 나으니까. 그리고 설사 그런 생각이 옳지 않다손 치더라도, 반대로 자신의 불행했던 이야기로 듣는 사람을 감동시키려 든다면 그건 더 큰 잘못이다. 자기들 인생에 몰두하여 앞뒤 돌아볼 틈도 없는데 한 늙은이의 괴로움 따위야 아무러면 어떤가? 그는 신나게 이야기를 하고 또 했다. 그래서 흐릿한 자기 목소리의 단조로움 속에서 길을 잃은 듯 횡설수설이었다. 그러나 그것도 무작정 계속될 수는 없었다. 그의 즐거움도 끝에 이르렀고 청중들의 주의력도 산만해졌다. 이제 그의 이야기는 재밌지도 않았다. 그는 늙은이였다.

그런데 젊은이들은 매일매일의 따분한 노동과는 전혀 다른 당구와 카드 놀이를 좋아한다.

이야기가 더 매력적으로 들리도록 온갖 노력과 거짓말을 다 했건만 그는 홀로 남았다. 인정사정 보지 않고 젊은이들은 일어나 가버렸다. 다시 혼자다. 아무도 귀 기울여 줄 사람이 없다는 것, 늙으면 기가 막히는 일이 바로 그것이다. 저들은 그를 침묵과 고독 속에 던져버렸다. 머지않아 그는 죽는다는 것을 알려준 것이다. 그리고 머지않아 죽을 노인은 쓸모가 없으며 심지어 귀찮고 엉큼하다. 사라졌으면 좋겠어. 그러지 못하겠거든 입 다물고 가만있기라도 해주었으면…. 그만한 예의는 지켜야지. 그런데 그는 입 다물고 가만있으면 자기가 늙었다는 생각을 안 할 수 없으니 괴로운 것이다. 그렇지만 그는 일어서서, 주위의 모든 사람에게 미소 지어 보이며 그 자리를 떴다. 그의 눈이 마주친 것은 무심하거나, 아니면 그로서는 끼어들 권리가 없는 어떤 즐거움이 넘치는 얼굴들뿐이었다. 어떤 사내가 웃어댔다. "그 여자가 늙었다고 하는 말은 아니지만, 때로는 말이야, 헌 냄비에 끓인 수프가 더 맛이 나는 법이거든." 또 다른 사내가 한결 근엄하게 말한다. "우린 부자는 아니지만 먹는 건 잘 먹어. 내 손자 녀석은 말이야, 제 아비보다도 더 먹는 걸. 제 아비는 빵이 반 킬로면 되는데 그 녀석은 1킬로가 있어야 하거든! 그리고 또, 소시지도 좋다, 카망베르 치즈도 좋다, 못 먹는 게 없어. 어떤 때는 다 먹고 난 후에 숨이 차서 헉! 헉!

하면서도 또 먹어대는 거야." 노인은 자리에서 멀어졌다. 그리고 고되게 일하는 당나귀 같은, 그 느리고 짧은 걸음으로 사람들이 들끓는 긴 보도들을 따라 걸어갔다. 몸이 편치 않았고 집에 돌아가기 싫었다. 평소에 그는 식탁과 석유램프, 손가락들이 기계적으로 제자리를 찾게 되는 접시들이 놓인 그 곳으로 돌아가는 것이 퍽 좋았다. 또한 늙은 마누라와 마주앉아 오래오래 씹으면서, 머리는 멍한 채 죽은 것 같은 눈길로 한군데만을 물끄러미 바라보며, 말없이 하는 저녁식사를 좋아했다. 오늘 저녁에는 다른 때보다 귀가가 늦어질 것 같았다. 차려놓은 저녁식사는 식어버렸을 테고, 마누라는 그가 예고 없이 늦어지곤 하는 것을 아는 터라 걱정도 하지 않고 자리에 들었을 것이다. 이럴 때 그녀는 말하곤 했다. "달에 빠졌군." 그걸로 할 말은 다 한 것이다.

이제 그는 고집스럽게 나아가는 제 발걸음에 실려 취한 듯이 걸어가고 있었다. 그는 혼자고 늙었다. 한 생애의 끝에 이르니 노령의 비애가 구역질이 되어 돌아온다. 만사는 결국 아무도 귀를 기울여주지 않는 처지로 귀착된다. 그는 걷는다. 어느 길모퉁이를 돌다가 발부리가 걸려 하마터면 넘어질 뻔 한다. 나는 그를 보았다. 우스꽝스럽지만 어쩌겠는가. 그런데도 그는 길거리가 차라리 더 낫다. 집에 들어서면 열이 올라 늙은 마누라는 눈앞에서 지워지고 자신은 방구석에 혼자 처박히는 그 시간들보다는 차라리 길거리가 더 낫다. 방에 있으면, 가끔

문이 천천히 열리고 한동안 반쯤 열려진 채 그대로 있다. 한 남자가 들어온다. 밝은 빛깔의 옷을 입었다. 노인과 마주 대하고 앉아서 한참 동안 말이 없다. 조금 전에 반쯤 열려 있던 문처럼 미동도 않고 있다. 이따금 한 번씩 한 손으로 머리를 쓰다듬고는 가만히 한숨을 쉰다. 변함없이 슬픔 어린 무거운 눈길로 오랫동안 노인을 바라보고 나서, 그는 말없이 가버린다. 그의 등 뒤로 문의 걸쇠 걸리는 메마른 소리가 나고, 노인은 뱃속에 시큰하고 쓰라린 공포를 맛보며 가만히 몸서리를 친다. 반면에 길거리에 있으면 마주치는 사람이 아무리 드물다 해도 그는 혼자가 아니다. 몸이 뜨거워지는 것이다. 짧은 보폭의 속도가 빨라진다. 내일은 모든 것이 달라질 것이다. 내일은. 갑자기 그는, 내일도 매한가지일 것이고 모레도, 그리고 다른 날들도 매한가지이리라는 사실을 발견한다. 그리고 그 돌이킬 수 없는 발견이 그의 가슴을 짓누른다. 당신을 죽게 만드는 것은 바로 그런 생각들이다. 그런 생각들이 견딜 수 없어지면 사람은 자살을 한다. 혹은, 젊은 사람일 경우 그럴듯한 말들로 얼버무린다.

늙은이, 미치광이, 주정뱅이, 뭐래도 좋다. 그의 최후는 의연하고 흐느껴 우는 울음소리에 에워싸인 훌륭한 최후가 될 것이다. 그는 아름답게, 다시 말해 고통스러워하며 죽을 것이다. 그것이 그에게는 위로가 될 것이다. 사실, 갈 데도 없다. 영영 늙어버린 것이다. 사람들은 장차 다가올 노년 위에 인생을 쌓는다. 이렇게 돌이킬 수 없는 것들에 포위된 그 노년기에 이르면 한가로움을 얻겠다고 기대하지만, 그 한가로움은 노인들을 무방비 상태로 만든다. 사람들은 은퇴하여 조촐한 별장에서 살겠다고 작업반장이 되고 싶어 한다. 그러나 일단 노년 속에 갇혀 보면 그게 틀린 생각인 것을 알게 된다. 자기 스스로를 보호하기 위해서는 다른 사람이 필요한 것이다. 그의 경우, 자기가 살아있다는 것을 실감하기 위해서는 사람들이 그의 이야기에 귀를 기울여줘야 했다. 이제 길거리는 더 어두워졌고 인적도 드물어졌다. 아직은 그래도 더러 말소리가 들렸다. 저녁나절의 야릇하게 가라앉은 분위기 속에서 그 목소리들은 더 엄숙하게 들렸다. 도시를 둘러싼 언덕들 너머로 아직 낮의 잔광이 비껴 있었다. 어디서 온 것인지 한 줄기 연기가 나무들이 무성한 언덕 꼭대기 뒤로 거창하게 나타났다. 천천히 피어 오르던 연기는 전나무처럼 층층이 포개졌다. 노인은 눈을 감았다. 도시의 웅얼대는 소음을 싣고 사라져가는 삶과 하늘의 무심하고도 멍청한 미소를 앞에서 혼자, 망연자실한, 벌거벗은 존재인 그는 벌써 죽은 것이나 다름없었다.

이 아름다운 메달의 이면裏面을 묘사할 필요가 있을까? 짐작할 수 있는 바이지만, 누추하고 어두운 방에서 늙은 마누라는 식탁을 차리고 있었다. 저녁상을 보아놓고 나자 그녀는 자리에 앉아 시계를 보며 좀 더 기다리다가, 맛있게 먹기 시작한다. 그녀는 생각한다. "달 속에 빠졌군." 그걸로 할 말은 다 한 것이다.

　그들은 다섯 식구였다. 할머니, 그녀의 작은아들, 맏딸, 그리고 맏딸의 두 아이. 아들은 거의 말을 못하는 반벙어리였다. 딸은 장애인으로, 생각하는 것이 온전치 않았다. 두 아이 중 하나는 이미 보험회사에서 일을 하고 있었고 막내는 학교에 다녔다. 일흔 살인데도 할머니는 아직 그 모든 식구들 위에 군림하고 있었다. 그녀의 침대 위쪽에는 지금보다 다섯 살 더 젊었을 적의 할머니의 초상화가 걸려 있는 것을 볼 수 있었다. 목 부근을 장식용 메달로 채워 여민 검은 색 옷차림으로, 몸을 꼿꼿이 세운 채 주름살 하나 없는 얼굴에 아주 큰 눈이 맑고 차가운 그녀는 여왕 같은 자세를 하고 있었다. 나이가 많아지면서 그런 자세를 단념할 수밖에 없었지만, 간혹 거리에 나설 때는 그 모습을 되살리려 들곤 했다.
　그 맑은 눈과 관련해서, 그녀의 손자에게는 아직도 낯이 붉어지는 한 가지 추억이 있었다. 그 늙은 여자는 집에 손님들이 오면 기다렸다는 듯이 손자를 빤히 쳐다보면서 물었다. "넌 누가 더 좋으냐? 어미냐, 할미냐?" 그때 그 어미가 옆에 있으면 그런 농담이 묘하게 꼬였다. 왜냐하면 아이는 어느 때건 "할머니가 더 좋아요" 하고 대답했지만, 마음속에서는, 언제나 말이 없는 그 어머니를 향해 거센 격정이 솟구쳤기 때문이다. 손님들이 그런 대답을 듣고 놀라는 기색을 보일 때면, 어머니는 말

　　　　　　　　　　　　　　　　　　　안과 겉

했다. "할머니가 키우셨거든요."

그것은 또한, 사랑이란 요구해서 받을 수 있는 것이라고 그 늙은 여자는 생각하고 있었기 때문이었다. 자신은 한 집안의 나무랄 데 없는 어머니라고 의식하기 때문에 그녀는 일종의 엄격하고도 용서를 모르는 태도로 일관하는 것이었다. 그녀는 한 번도 남편을 속이고 외도를 한 적 없이 그에게 아홉 남매를 낳아주었다. 또 남편이 죽은 후 자식들을 억척스럽게 키웠다. 변두리에 있는 그들의 소작지를 떠나 그들은 오래된 빈민가로 옮겨와 자리를 잡았고 거기서 오래 전부터 살고 있었다.

물론 그녀에게 장점이 없지는 않았다. 그러나 판단이 외곬으로 기울어지기 쉬운 나이의 손자들에게 그녀는 한낱 희극배우에 불과했다. 그들은 이모부에게 의미심장한 이야기를 들었다. 그 이모부가 어느 날 장모를 보러 찾아와 보니 그녀는 아무 일도 하지 않고 그냥 창가에 앉아 있었다. 그러나 그가 나타난 것을 보자 장모는 걸레를 손에 들고, 집안을 돌보자니 눈코 뜰 사이가 없어서 하던 일을 계속해야 한다고 변명하더라는 것이다. 사실, 모든 것이 그런 식이었다. 가족끼리 언쟁이라도 벌어지고 나면 그녀는 너무나 쉽게 쓰러져 까무러쳤다. 그녀는 또한 간이 좋지 않아서 심한 구토로 고생하고 있었다. 그러나 병자 행세를 하기로 들면 조금도 거리낌이 없었다. 눈에 띄지 않게 구석으로 물러나기는커녕 부엌의 쓰레기통에다가 요란스럽게 토해대는 것이었다. 그러고는 얼굴이 창백해지고, 기를 쓰

아이러니

느라 눈에 눈물이 가득해져서 가족들 곁으로 돌아온 그녀에게 누가 좀 가서 누우라고 권하기라도 하면, 부엌에 할 일이 많다는 둥, 집안 건사하는 데 자기 없이 되는 일이 어디 있느냐는 둥 떠벌렸다. "이 집의 일은 모두 다 내가 해야 되는걸." 또 이런 말도 했다. "내가 없어지면 너희들은 어떻게 되려는지!"

아이들은 할머니의 구토, 그녀가 말하는 이른바 '발작'이라는 것, 그리고 잔소리들에는 신경을 쓰지 않게끔 습관이 되어 있었다. 그 여자는 어느 날 자리에 눕더니 의사를 불러달라고 했다. 소원대로 해주려고 식구들이 의사를 불러왔다. 첫날, 의사는 단순한 몸살이라고 말했다. 다음 날은 간암이라고 하더니 사흘째는 위중한 황달이라고 했다. 그러나 두 손자 중에서 어린 쪽 아이는 아무리 생각해도 그것이 새로운 또 하나의 희극, 더 교묘하게 꾸민 연극일 뿐이라고 여겼다. 그 애는 조금도 걱정하지 않았다. 그 동안 할머니한테 너무나 심하게 당해왔기 때문에 그가 처음 본 것들이 비관적인 것일 리가 없었다. 그리고 정신 똑똑히 차리고 봐야겠다며 사랑하기를 거부하는 그 태도에는 일종의 절망적인 용기가 담겨 있었다. 그러나 꾀병도 지나치면 실제로 병이 되는 수가 있는 법이다. 할머니는 꾀병을 죽음에까지 밀어붙인 것이다. 마지막 날, 아이들이 지켜보는 가운데 그녀는 창자 속에 고인 가스를 발산했다. 그리고 태연히 손자에게, "아니 이거 내가 돼지새끼처럼 방귀를 뀌었네" 하고 말했다. 한 시간 뒤에 할머니는 죽었다.

손자는 그 당시에는 사정을 전혀 이해하지 못했지만, 이제는 똑똑히 느낄 수 있었다. 그때 그는 할머니가 꾸민 연극들 중 최후의, 그리고 가장 흉악한 연극이 연출된 것이라는 생각을 떨쳐버릴 수가 없었다. 그리고 자기가 그때 슬픔을 느꼈었던가를 자문해봤지만 전혀 그런 기미는 찾아볼 수 없었다. 다만 장례식 날, 모두들 울음을 터뜨리는 바람에 그도 울었지만, 울면서도 고인 앞에서 솔직하지 않은 가식적인 행동을 하고 있다는 두려움을 느꼈다. 그때는 햇살이 환한 맑은 겨울날이었다. 하늘의 푸른빛 속에서 온통 노랗게 반짝이는 추위가 느껴졌다. 묘지는 시가지를 굽어보고 있었고 마치 젖은 입술처럼 빛을 받아 진동하는 항만 위로 아름다운 햇빛이 투명하게 내리비치고 있었다.

　이 모든 것은 서로 양립할 수 없는 것일까? 기막힌 진실. 영화 구경을 가느라고 내버려둔 여자, 아무도 귀를 기울여 들어주는 이 없어진 노인, 아무런 속죄도 되지 못하는 죽음이 있는가 하면, 다른 한편에는 이 세상 가득한 저 모든 빛. 이 모든 것을 다 함께 받아들인다면 어떻게 되는 것일까? 이것은 비슷하면서도 서로 다른 세 가지 운명의 이야기다. 누구에게나 찾아오는 죽음, 그러나 각자에게는 저마다인 죽음. 하여간, 그렇기는 해도 태양은 우리의 뼈마디들을 따뜻하게 덥혀준다.

　　　　　　　　　　　　　　아이러니

긍정과　　　　　　　　부정의

사이

유일한 낙원은 바로 잃어버린 낙원이라는 말이 사실이라면, 오늘 내 마음속에 깃드는 감미로우면서도 비인간적인 그 무엇인가에다 어떤 이름을 붙여야 할지 나는 알고 있다. 어떤 이민 移民이 그의 고국으로 돌아온다. 그리고 나는 기억한다, 아이러니, 경직된 마음, 그런 모든 것이 다 잠잠해지고, 마침내 나는 내 고향으로 돌아왔다. 행복을 반추하고 싶지는 않다. 아니 이건 그보다 훨씬 더 간단하고 쉬운 것이다. 왜냐하면, 망각의 밑바닥으로부터 내가 건져 올리는 이 시간들 속에는 무엇보다도 어떤 순수한 감동의, 영원 속에 정지한 한순간의 추억이 고스란히 간직되어 있으니 말이다. 나의 마음속에서 오직 그것만이 진실한 것인데도, 나는 언제나 그것을 너무 뒤늦게야 알아차린다. 유연하게 구부리는 어떤 몸놀림, 풍경 속에 꼭 알맞게 서 있는 한 그루 나무를 우리는 사랑한다. 그리고 그 사랑을 생생하게 되살려 보고 싶을 때 머릿속에 떠오르는 것은 기껏 어떤 디테일(너무 오랫동안 닫아두었던 방의 냄새, 길 위에 울리는 야릇한 발걸음 소리 같은)뿐이지만 그것이면 충분하다. 나의 경우가 그렇다. 그때 나는 나 자신을 내맡김으로써 사랑할 수 있었으니, 마침내 나는 나 자신이 되었다. 왜냐하면 우리를 우리 자신으로 돌아오게 해주는 것은 사랑뿐이기 때문이다.

천천히, 고즈넉하게, 그리고 엄숙하게 그 시간들이 그때와 다름없이 벅차고 그때와 다름없이 감동적인 모습으로 다시 돌아온다(왜냐하면 지금은 저녁이고, 때는 쓸쓸하고 빛이 사라진 하늘에는 어떤 막연한 욕망 같은 것이 서려 있기 때문이다). 되찾은 몸짓 하나하나가 나의 모습을 나 자신에게 드러내준다. 누군가 어느 날 내게 말했다. "산다는 게 너무나 힘들어요." 그 어조가 기억난다. 또 한 번은 어떤 사람이 나에게 속삭였다. "가장 못된 짓은 남을 괴롭게 하는 거예요." 모든 것이 다 끝나버리면 생의 목마름도 잦아든다. 그것이 바로 사람들이 행복이라고 부르는 것일까? 이런 추억들을 더듬으며 우리는 모든 것에 눈에 띄지 않는 똑같은 옷을 입으니, 우리의 눈에 죽음은 낡아버린 색조의 배경막 같아 보인다. 우리는 다시 우리 자신으로 돌아온다. 우리는 우리의 비탄을 느끼며, 그로 인하여 더 많이 사랑한다. 그렇다, 그것이 아마 행복인지도 모른다. 우리의 불행을 측은히 여기는 감정 말이다.

오늘 저녁이 바로 그렇다. 아랍 도시의 맨 끝에 있는 이 무

안과 겉

어인의 카페에서 내가 추억하는 것은 지난날의 행복이 아니라 어떤 이상한 감정이다. 벌써 밤이다. 벽에는, 가지가 다섯 개씩인 종려나무들 사이로 노란 카나리아색의 사자들이 초록색 옷을 입은 아랍 족장들의 뒤를 따라가는 그림. 카페 한구석에서는 아세틸렌 램프가 가물거리며 불빛을 던지고 있다. 사실상 조명은 초록색과 노란색 타일을 입힌 자그만 화덕의 저 안쪽 아궁이에서 나오는 것이었다. 불꽃이 방 한가운데를 훤하게 비추고, 그 빛이 내 얼굴에 반사되어 너울거리는 것이 느껴진다. 나는 문과 항만 쪽을 마주보고 앉아 있다. 한쪽 구석에 쭈그리고 앉아 있는 카페 주인은, 바닥에 박하 잎이 한 장 가라앉은 나의 빈 컵을 바라보고 있는 것 같다. 카페 안에는 아무도 없고, 저 아래 도심 쪽에서 들려오는 소음과 더 멀리 항만 위의 불빛뿐이다. 아랍인의 거친 숨소리가 들리고, 그의 눈이 침침한 어둠 속에서 반짝인다. 좀 더 멀리서 들리는 것은 바다의 소리일까? 세계가 긴 리듬으로 나를 향하여 숨을 내쉬며 죽지 않는 것 특유의 무관심과 평온을 내게 보낸다. 크게 반사되는 붉은 빛에 벽 위의 사자들이 꿈틀거린다. 공기가 서늘해진다. 바다에서는 뱃고동 소리. 등대의 불빛들이 돌기 시작한다. 초록빛, 붉은빛, 흰빛. 그리고 여전히 되살아나는 세계의 이 거대한 숨결. 일종의 은밀한 노래 같은 것이 이 무관심으로부터 생겨난다. 그리고 이제 나는 내 고국에 돌아왔다. 나는 빈민가에서 살던 어떤 어린아이를 생각한다. 그 동네, 그 집! 일층과 이층

이 전부고, 계단에는 불이 없어 어두웠다. 오랜 세월이 지난 지금 여전히 그는 캄캄한 밤중에도 그곳을 찾아갈 수 있을 것이다. 한 번도 발을 헛디디지 않고 그 층계를 단숨에 뛰어 올라갈 수 있을 것임을 그는 알고 있다. 그의 몸속에 그 집이 배어들어 찍혀있는 것이다. 그의 두 다리가 계단 하나하나의 정확한 높이를 제 속에 간직하고 있다. 그의 손에는 층계 난간에 대한 끝내 극복하지 못한 본능적 공포감이 남아 있다. 바퀴벌레 때문이었다.

여름날 저녁이면 노동자들은 발코니에 나가 앉는다. 그의 집에는 아주 작은 창문이 하나 나 있을 뿐이었다. 그래서 의자들을 집 앞 길가로 들고 내려와 앉아서 저녁 공기를 음미했다. 길이 앞에 있고, 옆에는 아이스크림 장수들, 맞은쪽에는 카페들, 그리고 이 집 저 집 문 앞으로 뛰어다니는 어린애들의 떠드는 소리. 그러나 특히, 커다란 무화과나무들 사이로 보이는 하늘이 있었다. 가난 속에는 어떤 고독이, 하나하나의 사물에 그 나름의 가치를 부여하는 고독이 있다. 어느 정도 부유한 사람에게는 하늘 그 자체와 별들이 가득한 밤도 그저 자연의 재화로 여겨진다. 그러나 밑바닥 계층에서는 하늘이 본래의 모든 의미를 되찾게 되어 값을 따질 수 없을 만큼 귀중한 은총이다. 여름의 밤들, 별들이 반짝이는 신비의 세계! 어린아이의 등 뒤에는 악취가 풍기는 복도가 있고 쿠션이 터진 작은 의자는 그의 몸 아래로 약간 내려앉으려고 한다. 그러나 그는 눈을 들고

안과 겉

맑은 밤을 곧장 그대로 들이마시는 것이었다. 간혹 커다란 전차가 빠른 속도로 지나가곤 했다. 길모퉁이에서 마침내 어떤 주정뱅이가 콧노래를 흥얼거렸지만 그것 때문에 침묵이 깨지는 것은 아니었다.

아이의 어머니 역시 아무 말이 없었다. 어떤 때, "무슨 생각해?" 하고 물으면, 그녀는 "아무 생각도 안 해" 하고 대답했다. 그게 사실이었다. 모든 것이 거기에 있다. 그러니 아무 생각도 안 하는 것이다. 그녀의 삶, 관심사, 그녀의 자식들이 너무도 자연스러워 굳이 느끼고 말고 할 것도 없이 그저 거기에 있는 것이다. 그녀는 장애가 있어 생각을 온전하게 하지 못했다. 그녀에게는 거칠고 독선적인 어머니가 있었다. 어머니는 만사에 과민한 동물 같은 자존심만 앞세워 설쳐대며 정신박약인 딸 위에 오랫동안 군림했다. 딸은 결혼으로 후견이 해제되어 나갔다가, 남편이 사망하자 순순히 되돌아왔다. 남편은 소위 영예로운 싸움터에서 전사했다. 눈에 잘 띄는 곳에 금칠한 액자를 씌운 십자무공훈장과 전공 메달이 놓여 있었다. 병원에서는 또한 몸 안에서 뽑아낸 탄환의 작은 파편도 미망인에게 보내왔다. 미망인은 그것을 간직해뒀다. 더 이상 슬픔을 느끼지 않게 된 지는 이미 오래였다. 남편은 잊었어도 여전히 아이들 아버지 이야기는 한다. 아이들을 키우기 위해 그 여자는 일을 하고, 벌어온 돈을 자기 어머니에게 준다. 할머니는 회초리로 아이들을 교육한다. 어머니가 아이들을 너무 세게 때릴 때면

긍정과 부정의 사이

딸은, "머리는 때리지 마세요" 하고 말한다. 자기 아이들이고 또 그 아이들을 사랑하니까. 그녀는 한결같은 사랑으로 아이들을 대하지만 그 사랑을 한 번도 자식들에게 드러내 보인 적은 없었다. 가끔, 그가 아직도 생생하게 기억하고 있는 그런 저녁들처럼, 그녀가 일터에서(그 여자는 남의 집 가정부였다) 지칠 대로 지쳐 돌아와 보면, 집은 텅 비어 있다. 늙은이는 장 보러 나갔고 아이들은 아직 학교에서 돌아오지 않았다. 그럴 때면 그녀는 의자에 주저앉아 멍한 눈길로 마룻바닥의 긁힌 자국만 넋을 놓고 들여다본다. 그녀의 주위에 어둠이 짙어가고 어둠 속에서 그 침묵은 치유할 길 없는 비탄 같다. 그때 마침 집으로 돌아온 아이는 어깨뼈가 앙상하게 드러난 메마른 옆모습을 보고 그만 멈칫한다. 무서운 것이다. 그는 요즈음 많은 것들을 느끼기 시작한다. 이제 겨우 자신의 존재를 어렴풋이 의식하게 된 것이다. 그러나 그는 이 동물적인 침묵 앞에서 우는 것조차 거북하다. 어머니가 가엾다는 생각이 든다. 그것이 곧 어머니에 대한 사랑일까? 어머니는 한 번도 그를 쓰다듬어준 적이 없다. 그럴 줄을 모르기 때문이다. 그래서 그는 오랫동안 우두커니 서서 어머니를 바라보고만 있는 것이다. 자신이 남이라고 느끼고 보니 스스로의 아픈 마음이 의식된다. 그 여자는 아들이 들어오는 소리를 듣지 못한다. 귀가 먹었기 때문이다. 조금 있으면 할머니가 돌아올 것이고 생활이 되살아날 것이다. 석유 램프의 둥근 불빛, 방수포를 씌운 식탁, 떠들썩한 소리,

욕지거리…. 그러나 지금 이 침묵은 잠시 동안의 소강 상태, 정상을 벗어난 한순간을 뜻한다. 그런 것을 어렴풋이 감지하면서 아이는 자신의 내면에 깃들어 있는 충동 속에서 그의 어머니에 대한 사랑 같은 것이 느껴지는 기분이다. 당연히 그럴 것이, 어쨌든 그녀는 그의 어머니니까.

어머니는 아무 생각도 하지 않는다. 밖에는 불빛과 소음, 여기는 어둠 속에 묻힌 침묵. 아이는 자라고 배울 것이다. 사람들은 그를 키워주고 있으니, 마치 그에게 고통을 덜어 주기라도 했다는 듯, 감사할 줄 알라고 요구할 것이다. 그의 어머니는 언제나 저렇게 침묵만 지킬 것이다. 아이는 고통 속에서 자랄 것이다. 어른이 된다는 것, 중요한 것은 그것이다. 할머니는 죽을 것이다. 다음엔 어머니, 그다음엔 그가.

어머니가 소스라쳐 놀란다. 겁이 났던 것이다. 그렇게 어머니를 쳐다보고 있는 그는 얼이 빠진 것 같다. 어서 가서 숙제나 하지 않고. 아이는 이미 숙제를 다 했다. 그는 오늘 어느 허접한 카페에 앉아 있다. 그는 이제 어른이다. 중요한 건 바로 그것 아닌가? 아무래도 그렇지는 않은 모양이다. 왜냐하면 숙제를 다 하고 또 어른이 되기로 해본들 그것은 단지 늙어가는 길로 인도할 뿐이기 때문이다.

여전히 한 구석에 쭈그리고 있는 아랍인은 두 손으로 자기 발을 붙잡고 있다. 테라스에서는 왁자지껄하게 주고받는 젊은 목소리들과 더불어 볶은 커피 냄새가 풍겨 올라온다. 예인선

궁정과 부정의 사이

한 척이 아직도 그 나직하고 부드러운 소리를 내고 있다. 여느날과 다름없이 세계는 여기에 와서 저물고 그 모든 헤아릴 길 없는 고뇌로부터 이제 남은 것이라고는 오직 이 평화의 약속뿐이다. 그 기이한 어머니의 무심! 나로 하여금 이 세상의 깊이를 헤아릴 수 있게 해주는 것은 오직 이 광대한 고독밖에 없다. 어느 날 저녁, 기별을 받고 (이미 훌쩍 자란) 아들은 어머니에게 달려갔다. 어머니가 뭔가 무서운 일을 당해서 심각한 뇌진탕을 일으켰다는 것이다. 어머니는 하루해가 저물 무렵이면 발코니로 나가 앉는 습관이 있었다. 의자를 하나 내다 놓고 앉아서 발코니의 차갑고 찝찔한 쇠에 입을 댄다. 그러고는 지나가는 사람들을 바라보는 것이다. 등 뒤에서는 차츰차츰 어둠이 쌓여갔다. 그녀의 앞에서는 갑자기 상점들의 불이 켜졌다. 거리가 사람들과 불빛으로 부풀어 올랐다. 어머니는 거기서 하염없이 허공을 바라보며 정신을 놓고 있었다. 그런데 문제의 그날 저녁, 어떤 사내가 불쑥 등 뒤에 나타나서 그 여자를 끌어당겨 난폭한 짓을 하다가, 인기척이 들리자 도망쳐버렸다. 그 여자는 아무것도 보지 못한 채 기절했었다. 아들이 왔을 때 어머니는 누워 있었다. 아들은 의사의 소견에 따라 어머니 곁에서 밤을 지내기로 했다. 그는 침대에서 어머니와 나란히 그냥 이불 위에 누웠다. 여름이었다. 조금 전에 있었던 소동의 공포가 남아 무더운 방 안에 감돌고 있었다. 어렴풋한 발소리들이 들리고 문들이 삐걱거렸다. 무거운 공기 속엔 환자의 이마를 식히려고 뿌렸던 식초 냄새가 떠돌고 있었다. 한편 그의 옆에서 어머니는 몸을 뒤틀며 신음하다가 이따금 갑작스럽게 소스라쳐 놀라기도 했다. 그럴 때면, 잠시 들락 말락 하던 잠에서 깬 아들은 이미 위험을 감지하고 땀에 젖은 몸을 벌떡 일으켰다가, 서너 번 되풀이하여 야등夜燈의 불꽃이 일렁이는 손목시계에 눈길을 던져 보고는 무거운 몸을 눕히고 다시 잠이 들었다. 그날 밤에 두 사람이 얼마나 외톨이었던가를 그가 느끼게 된 것은 세월이 훨씬 지난 다음의 일이었다. 세상 모두와 등진 채 오직 둘뿐. 둘뿐인 그들이 열병에 헐떡이던 바로 그 시각에 '남들'은 자고 있었다. 그때 그 낡은 집에서는 모든 것이 다 텅 빈 것 같았다. 자정의 전차들은 멀어져가면서, 인간들로부터 우리에게 오는 모든 희망, 도시의 소음이 우리에게 주는 모든 확신을 배출시켜버리는 것이었다. 집 안은 지나가는 전차 소리에 아직 한동안 진동하더니 차츰 모든 것이 꺼져버렸다. 남은 것은 오직 앓아누운 여인의 겁에 질린 신음만 가끔씩 솟아오르는, 어떤 거대한 침묵의 섬뿐이었다. 그는 여태껏 그처럼 낯선 곳에 온 것 같은 느낌을 가져본 적이 없었다. 세계가 완전히 해체되어버렸고, 그와 더불어 삶이 매일매일 다시 시작된다는 환상도 무너졌다. 공부나 야망, 어느 식당이 더 좋고 어느 색깔이 더 마음에 들고 하는 선호의 느낌도…. 이제는 아무것도 존재하지 않는다. 오직 지금 자신이 푹 빠져 있는 것 같은 병과 죽음뿐이었다. 그렇지만 세상이 무너지고 있는 바로

긍정과 부정의 사이

그 시각에도 그는 살아가고 있었다. 그리고 심지어 그는 결국 잠이 들고 말았다. 하지만 둘뿐이라는 고독의 절망적이고도 정다운 영상이 따라오지 않는 것은 아니었다. 훗날, 아주 훗날, 그는 땀과 식초가 섞인 그 냄새를, 그리고 어머니에게 그를 비끄러매는 유대를 느꼈던 그때를 기억하게 될 것이었다. 마치 그 냄새가 그의 마음속에 깃든 저 엄청난 연민이기라도 한 듯이. 그 연민은 육체적인 것이 되어 그의 주위로 퍼지면서 가슴을 흔드는 운명을 타고난 가난하고 늙은 한 여인의 역할을 그 어떤 속임수 쓰는 일 없이 착실하게 해내고 있는 것이었다.

이제 아궁이 속의 불은 재로 덮인다. 그리고 여전히 한결같은 대지의 내쉬는 숨결. 어디선가 다르부카*의 구르는 듯한 소리가 들려온다. 여자의 웃음 섞인 목소리가 거기에 겹친다. 항만 위로 불빛들이 다가온다. 아마도 선창으로 돌아오는 어선들일 것이다. 내 자리에서 삼각형으로 보이는 하늘에는 낮에 끼어 있던 구름들이 씻겨나가고 없다. 별들이 총총한 하늘은 맑은 바람결에 바르르 떨고, 내 주위에서 부드러운 밤의 날개가 천천히 깃을 치고 있다. 이제 내가 내 것이 아닌 이 밤은 어디까지 가려는 것인가? 단순함이라는 말에는 어떤 위험한 힘이 있다. 그래서 오늘 밤 나는 사람이 죽고 싶어 할 수 있

* 이집트와 튀르키예 등 중동 지역에서 사용하는 타악기.

다는 것을 이해한다. 왜냐하면 삶이 어느 정도로 투명하게 보일 때의 시선으로 보면, 더 이상 아무것도 중요하지 않기 때문이다. 어떤 사내가 고통을 당하고 거듭되는 불행들을 겪고 또 겪는다. 그는 그 불행들을 견디며 자신의 운명 속에 자리잡는다. 사람들로부터 존경을 받는다. 그러다가 어느 날 저녁에 아무것도 아닌 일이 생긴다. 그가 몹시 좋아했던 한 친구를 만난다. 그 친구가 그에게 아주 무신경하게 건성으로 말을 한다. 집으로 돌아오자 사내는 자살한다. 그러자 사람들은 무슨 말 못 할 슬픔이나 남모를 고민 때문이라고 이야기한다. 아니다. 만약 원인이라는 게 꼭 있어야 한다면, 어떤 친구가 그에게 무심하게 건성으로 말을 했기 때문에 그가 자살한 것이다. 이처럼 세계의 깊은 의미를 깨닫는 것 같다는 생각이 들 때마다 내 마음을 흔들어놓는 것은 바로 이 세계의 단순함이다. 오늘 저녁 나의 어머니, 그리고 어머니의 그 기이한 무관심. 전에 언젠가 나는 교외의 단독주택에서 개 한 마리와 고양이 한 쌍, 그리고 거기서 태어난 까만 새끼 고양이들과 같이 혼자 살고 있었다. 암고양이는 새끼들에게 젖을 먹여 키울 수 없었다. 하나씩 하나씩 새끼들은 모조리 죽어갔다. 죽어서 방 안을 오물로 가득 채웠다. 저녁마다 내가 집으로 돌아오면, 새끼 고양이가 한 마리씩 입술이 뒤집힌 채 뻣뻣하게 몸이 굳어있었다. 어느 날 저녁, 나는 마지막 남은 고양이 새끼가 어미에게 반쯤 뜯어 먹힌 채 남은 것을 발견했다. 벌써 악취가 나고 있었다. 시체 냄새가 오줌 냄새와 뒤섞여 풍겼다. 나는 그 비참한 광경 한가운데에 앉아서 오물을 손에 쥔 채 그 썩은 냄새를 맡으며, 한구석에서 꼼짝도 않고 있는 암고양이의 초록빛 두 눈 속에서 번뜩이는 광기의 불꽃을 오랫동안 바라보았다. 그렇다, 오늘 저녁이 바로 그렇다. 헐벗음이 어느 정도에 이르면 더 이상 이것도 저것도 아무런 의미가 없어진다. 희망도 절망도 다 근거가 없어 보이고, 그리하여 삶 전체가 어떤 하나의 이미지 속에 요약된다. 그러나 왜 거기서 그친단 말인가? 단순하다, 모두가 단순하다. 초록빛, 붉은빛, 흰빛의 등대 불빛들 속에서는. 밤의 서늘한 바람, 나에게까지 풍겨 올라오는 도시와 빈민가의 냄새 속에서는. 오늘 저녁 나에게로 되살아오는 것이 바로 어떤 유년 시절의 이미지라면, 내가 그것으로부터 얻어낼 수 있는 사랑과 가난의 교훈을 어찌 받아들이지 않을 수 있겠는가? 지금 이 시간은 긍정과 부정 사이의 빈 공간과도 같은 것이기에 삶의 희망이나 환멸 같은 것은 다른 시간에 생각하기로 하고 미뤄둔다. 그렇다, 오직 잃어버린 낙원의 투명함과 단순함만을 맞아들일 일이다. 하나의 이미지 속에. 그리하여 얼마 전에 어느 오래된 동네에 있는 집으로 아들이 그의 어머니를 보러 갔다. 그들은 말없이 마주 앉아 있었다. 그러나 두 사람의 눈길이 마주친다.

"그래서, 엄마?"

"그냥 그렇지, 뭐."

"심심하세요? 제가 너무 말이 적죠?"

"아이고, 너야 언제나 말이 적었잖아."

그리고 입술 없는 흐뭇한 미소가 그녀의 얼굴에 번진다. 정말 그렇다, 그는 어머니에게 도무지 말을 건넨 적이 없었다. 그러나 사실 말이 왜 필요하겠는가? 말을 하지 않아도 사정은 뻔하다. 그는 그녀의 아들이고, 그녀는 그의 어머니인 것이다. 그녀가 그에게, "알지?" 하면 그만이다.

어머니는 두 발을 모으고, 무릎 위에 두 손을 맞잡은 채 장의자의 발치에 앉아 있다. 그는 의자에 앉아서 어머니를 보는 둥 마는 둥 줄곧 담배만 피운다. 침묵.

"그렇게 담배를 많이 피우면 안 좋아."

"그러게요."

거리의 온갖 냄새들이 다 창문으로 올라온다. 이웃 카페에서 들려오는 아코디언 소리, 저녁이 되어 혼잡해지는 통행, 말랑말랑한 작은 빵조각 사이에 넣어서 먹는 구운 꼬치구이 냄새, 길에서 우는 어린아이. 어머니는 일어서서 뜨개질 거리를 집어 든다. 관절염 때문에 변형된 그녀의 손가락은 감각이 없다. 그녀는 손을 재게 놀리지 못한다. 같은 코를 세 번이나 다시 꿰기도 하고, 스르륵 소리를 내며 한 줄을 모조리 풀어버리기도 한다.

"조그만 조끼란다. 흰 칼라를 달아 입으려고. 이것하고 내 검정 외투면 이번 철에 옷 걱정은 없겠지."

어머니는 불을 켜려고 일어났다.

"이젠 일찍 어두워지는구나."

정말 그랬다. 여름이 지났으나 아직 가을은 아니었다. 부드러운 빛깔의 하늘에서는 아직도 명매기가 지저귀고 있었다.

"너, 곧 또 올거지?"

"아니 제가 아직 떠나지도 않았잖아요. 왜 그런 말씀을 하세요?"

"아니, 그저 무슨 말이든 하고 싶어서."

전차가 한 대 지나간다. 자동차도 한 대.

"정말 제가 아버지를 닮았나요?"

"암, 너희 아버지를 쏙 빼닮았지. 하긴 넌 아버지를 본 적이 없지. 네가 여섯 살이 됐을 때 죽었으니까. 하지만 네가 콧수염만 조금 기른다면!"

그는 아버지 이야기를 했지만 아무런 실감이 없었다. 아무 추억도 아무 감동도 없었다. 아마도 수다한 다른 사람들과 다름없는 한 남자였겠지. 사실 그는 아주 열의에 차서 전쟁에 나갔다. 그리고 마른Marne* 지방 전투에서 두개골이 터졌다. 일주일 동안 앞을 못 본 채 신음하다가, 마을의 전몰장병 위령탑에 이름이 새겨졌다.

* 프랑스 북동부 파리와 낭시 사이의 지방.

안과 겉

"따지고 보면 그편이 차라리 나았지. 장님 아니면 미친 사람이 되어 돌아왔을 테니. 그랬더라면 그 가엾은 사람은….."

"하긴 그렇네요."

사실, 언제든 차라리 그편이 낫다는 확신, 세계의 부조리한 단순성이 이 방 안에 피난해 와있다는 감정 말고 대체 이 방 안에 그를 붙잡아 두는 것이 또 무엇이 있겠는가?

"또 올 거지? 바쁜 것은 잘 알지만, 그래도 이따금….."

그러나 지금 나는 어디에 있는 것인가? 아무도 없는 이 카페를 어떻게 과거의 그 방과 떼어 생각할 수 있을 것인가? 내가 지금 살고 있는 것인지 회상하고 있는 것인지 더 이상 알 수가 없다. 등대의 불빛들이 저기 있다. 그리고 내 앞에 다가와 선 아랍인은 이제 문을 닫겠다고 말한다. 밖으로 나가야 한다. 나는 저 위험한 비탈길을 이제 더는 내려가고 싶지 않다. 사실 나는 마지막으로 항만과 그 불빛들을 바라보는 것이다. 이 순간 내게로 올라오는 것은 보다 나은 날들에 대한 희망이 아니라 모든 것, 그리고 나 자신에 대한 어떤 차분하고 원초적인 무관심이다. 그러나 이 너무나 맥없고 너무나 안이해지는 마음의 흐름을 깨뜨려야 한다. 그리고 나는 명철해져야 할 필요가 있다. 그렇다, 모든 것은 단순하다. 만사를 복잡하게 만드는 것은 인간들이다. 우리에게 어설픈 수작은 하지 말라. 사형수를 가리켜 "그는 사회에 대하여 죗값을 치르게 된다"고 말할 것이 아니라, "이제 그의 목이 잘리게 될 것이다"라고 말해야 한다. 보기엔 별 차이가 없는 것 같다. 그러나 약간의 차이가 있다. 그리고 세상에는 자기의 운명을 똑바로 마주 바라보기를 더 좋아하는 사람들이 있는 것이다.

영혼   속의

죽음*

나는 저녁 6시에 프라하에 도착했다. 즉시 짐을 역의 수화물 보관소에 맡겼다. 아직 호텔을 찾을 만한 두 시간의 여유가 있었다. 무거운 두 개의 트렁크가 더 이상 팔에 매달리지 않아서 기이한 해방감에 몸이 붕 뜨는 느낌이었다. 정거장에서 나와 공원들을 따라 걷다 보니 문득 바츨라프 대로의 한복판이었다. 그 시간에는 사람들이 들끓는 거리였다. 내 주위에는 그때까지 살아온 수많은 사람들이 우글거렸지만 그들의 삶에서 내게 힌트가 될 만한 것이라곤 아무 것도 새어나오지 않았다. 그들은 살고 있었다. 나는 낯익은 고장으로부터 수천 킬로미터나 떨어진 곳에 와 있었다. 나는 그들의 말을 몰랐다. 모두들 빨리 걸어가고 있었다. 나를 앞질러 가면서 모두들 내게서 멀리 떨어져 나갔다. 나는 당황스러워 어찌할 바를 몰랐다.

내게는 가진 돈이 별로 없었다. 엿새 정도 버틸 수 있는 액

수였다. 그렇지만 그 후에는 내게 사람이 오기로 되어 있었다. 하지만 그 문제와 관련해서도 걱정이 되었다. 그래서 나는 수수한 호텔을 찾아 나섰다. 나는 마침 신시가지에 와 있어서, 눈에 뜨이는 호텔들은 모두가 불빛과 웃음과 여자들로 번쩍거리고 있었다. 나는 더 빨리 걸었다. 서두르는 내 걸음걸이에는 벌써부터 어딘지 도망치는 것 같은 데가 있었다. 그러나 8시가 가까워서 나는 피로한 몸으로 구舊시가에 이르렀다. 거기에서 수수하게 보이고 출입문이 조그마한 호텔 하나가 나의 마음을 끌었다. 나는 안으로 들어간다. 숙박계를 적고 내 방 열쇠를 받는다. 방은 4층의 34호실이다. 문을 열고 보니 매우 호화로운 방이다. 요금표를 찾아보니 내가 생각했던 것보다 두 배나 더 비싸다. 돈 문제가 까다롭게 되었다. 나는 이 대도시에서 이제 아주 줄여가며 지낼 수밖에 없게된 것이다. 조금 전까지만 해도 막연했던 불안이 뚜렷해진다. 마음이 편치 않다. 헛헛한 공허감을 느낀다. 그렇지만 머리가 맑아지는 순간이기도 하다. 옳은 평인지 아닌지는 모르지만, 사람들은 항상 날 보고 금전 문제에 어지간히도 무관심하다고들 말했던 것이다. 그런데 지금 이 어리석은 걱정이 웬 말인가? 그러나 벌써 머릿속은 돌아간다. 먹어야 한다. 다시 걸어가서 수수한 식당을 찾아야 한다. 나는 끼니마다 10크로네 이상을 소비해서는 안 될 형편이다. 눈에 띄는 모든 식당 중에서 가장 저렴한 집은 또한 가장 불친절하다. 나는 그 앞을 지나가고 또 지나간다. 식당 안에서 사람들이 결국 나의 거동을 주목하기 시작한다. 들어갈 수밖에 없다. 그 식당은 상당히 침침한 지하실로, 선멋 부린 벽화들이 그려져 있다. 여러 종류의 사람들이 섞여 있다. 한 구석에 몇몇 색시들이 담배를 피우며 심각하게 이야기를 나누고 있다. 남자들은 식사 중인데 대다수가 연령과 피부색을 구별할 수가 없다. 기름이 번질거리는 제복을 입은 거인 같은 남자 종업원이 무표정한 큰 얼굴을 내게로 쑥 내민다. 나는 뭐가 뭔지 모를 메뉴 중에서 무턱대고 아무 요리나 하나 얼른 가리켜 보인다. 그러나 그게 또 무슨 설명을 필요로 하는 모양이다. 그래서 종업원이 체코 말로 내게 묻는다. 나는 내가 아는 얼마 안되는 독일어로 대답을 한다. 그는 독일어를 모른다. 나는 짜증이 난다. 그가 여자들 중 하나를 부른다. 여자는 왼손을 허리에 얹고 오른손엔 담배를 든 채 축축한 웃음을 띠며 예의 상습적인 포즈로 다가온다. 여자가 내 테이블에 와 앉더니 독일어로 내게 묻는다. 내 독일어만큼이나 형편없어 보인다. 모든 것이 알만해진다. 종업원은 나에게 오늘의 메뉴를 자랑하고 싶었던 것이다. 선선히 나는 오늘의 메뉴를 시킨다. 여자가 나에게 말을 하지만 나는 더 이상 알아듣지 못한다. 물론 나는, 더할 수 없을 만큼 확신에 찬 표정으로 그렇다고 한다. 그러나 마음은 딴 데 가 있다. 모든 것이 다 짜증스럽고 마음이 흔들리고 배도 고프지 않다. 그리고 그 뾰족한 못 같은 것이 여전히 속을 아프게 찌르고 배는 오그라든다. 나는 그녀에게 맥주 한 잔을

영혼 속의 죽음

낸다. 내 딴에는 예절을 안다는 표시다. 오늘의 메뉴가 나오고 나는 먹는다. 녹말가루에 쇠고기를 섞은 것인데, 커민을 어떻게나 많이 쳤는지 구역질이 난다. 그러나 마주 앉은 여자의 웃음 띤, 그 끈적한 입을 빤히 쳐다보며 나는 딴생각을 한다. 아니 아무 생각도 하지 않는다. 여자는 그게 무슨 유혹이라고 여긴 것일까? 벌써 내 곁으로 와서 찰싹 달라붙는다. 나는 반사적 몸짓으로 여자를 제지한다. (그 여자는 못생겼다. 만약 그 여자가 예뻤더라면, 그 뒤에 일어난 모든 것을 피할 수 있었을 거라는 생각을 나는 가끔씩 하곤 했다.) 거기, 금방이라도 웃음을 터뜨릴 것만 같은 사람들 한가운데서 나는 병이 날까 봐 겁이 났다. 하지만 그보다도 더, 돈도 없고 의욕도 없는 상태로 나 자신과 나의 한심한 생각밖에 대면할 것이 없는 호텔방에 혼자 남게 될까 봐 더 겁이 났다. 지금도 나는 얼빠지고 무기력하던 그때의 내가 어떻게 나 자신으로부터 벗어날 수 있었는지 스스로 묻기만 해도 당혹스러워진다. 나는 밖으로 나왔다. 구시가를 걸었다. 그러나 더 이상 나 자신을 마주하고 있을 수가 없어서 호텔까지 달려가 침대에 누워 잠들기를 기다렸다. 곧 잠이 들었다.

내가 권태를 느끼지 않는 고장은 나에게 아무것도 가르쳐 주지 않는 고장이다. 나는 그런 말들로 자신을 타이르며 기운을 내려고 했다. 그러나 그 뒤 며칠 동안의 일을 이야기해야 할까? 나는 예의 내 식당을 다시 찾아갔다. 아침저녁으로 속을 메슥거리게 하는, 커민을 친 그 끔찍한 음식을 참고 먹었다. 그러다 보니, 나는 온종일 가라앉을 줄 모르는 구토감을 안고 다녔다. 그러나 나는 먹어야 한다는 것을 알고 있었기 때문에 꾹 참아 넘겼다. 게다가 다른 새로운 식당을 시도해보려다가 치러야 할 대가에 비기면 그쯤이야 뭐 그리 대수롭겠는가. 적어도 거기 가면 나는 '아는 사람'이었다. 사람들이 나에게 말을 걸지는 않았지만 웃어 보이기는 했다. 다른 한편 불안감은 점점 커졌다. 나는 머릿속에 박힌 그 뾰족한 바늘 끝에 너무 신경을 쓰고 있었던 것이다. 나는 일과를 짜서 정신을 쏟을 수 있는 거점들을 여러 군데로 분산시켜놓기로 했다. 되도록 늦게까지 침대에 머물렀고 그리하여 낮 시간은 그만큼 줄어들었다. 세수를 하고 나면 조직적으로 시내를 답사했다. 바로크식의 화려한 교회당들에 빠져들어 거기에서 내 마음의 고향을 찾아보려고 해보았지만 실망스러운 나 자신과의 대면에 더 헛헛해지고 더 낙담한 채 밖으로 나왔다. 나는 군데군데 둑들로 막아 물살이 소용돌이치는 블타바강을 따라 방황했다. 인기척 없고 고요한 흐라드신의 넓은 구역에서 기나긴 시간을 보내기도 했다. 해가 기우는 시간이면, 그 구역의 대사원과 궁전들의 그늘에서 나의 고독한 발걸음 소리가 골목길에 울렸다. 그러다가 그 소리의 울림을 자각하게 되면 나는 다시 심한 불안감에 사로잡곤 했다. 나는 일찍 식사를 마치고 8시 반이면 자리에 눕곤 했다. 해가 떠 있는 동안에는 자신으로부터 딴 데로 생각을

영혼 속의 죽음

돌릴 수 있었다. 교회, 궁전, 박물관 같은 모든 예술작품 속에서 나는 나의 불안감을 진정시켜보려고 했다. 그런 상투적인 수단으로 나의 반항을 우수로 녹여 없애보려 했던 것이다. 그러나 헛수고였다. 밖으로 나서자마자 나는 이방인이었다. 그러나 한번은 시가지 맨 끝에 있는 어느 바로크식의 수도원에서 그 시간의 다사로운 분위기, 느리게 울리는 종소리, 오래된 탑에서 흩어져 날아오르는 한 떼의 비둘기들, 그리고 풀과 허무의 향기와도 같은 그 무엇이 마음속에 눈물 가득한 침묵을 만들어내면서 나는 거의 해방감에 가까운 느낌을 맛볼 수 있었다. 그래서 저녁에 돌아와 긴 글을 단숨에 적었는데, 여기에 그것을 그대로 옮긴다. 왜냐하면, 바로 그 표현의 과장됨 그 자체에서 그때 내가 느꼈던 감정의 복잡함을 다시 찾아볼 수 있기 때문이다. "그런데 여행에서 그 어떤 다른 이득을 얻는다는 말인가? 여기 아무런 꾸밈없는 벌거숭이인 내가 있다. 내가 간판도 읽을 수 없는 도시, 친근한 그 어떤 것도 다가들지 않는 이상한 문자들. 이야기를 나눌 친구도 없고 오락거리도 없다. 이국 도시의 소음이 밀려드는 이 방에서 나를 불러내어 어떤 가정이나 좋아하는 장소의 좀 더 은은한 불빛 쪽으로 데려가줄 수 있는 것은 아무것도 없음을 나는 잘 알고 있다. 사람을 부를까? 소리를 지를까? 그래봐야 낯선 얼굴들만 내다볼 것이다. 교회들, 황금빛의 제단과 성향聖香, 그 모든 것이 나를 밀쳐내 던지는 일상생활 속에서는 모든 사물 하나하나가 다 내 불

안감을 실감하게 한다. 그리고 이제 습관들의 장막, 졸고 있는
마음을 감싸주는 몸짓들과 말들로 짠 보자기가 서서히 걷히
고 마침내 불안의 창백한 얼굴이 노출된다. 인간은 자기 자신
과 대면한다. 나는 묻고 싶다, 그가 과연 행복한 것인지…. 그
러나 바로 그런 점에서 여행은 인간에게 깨우침의 빛을 던진
다. 하나의 커다란 부조화가 그와 사물들 사이에 생겨난다. 전
보다 덜 단단해진 그 마음속으로 세계의 음악이 더 쉽게 흘러
든다. 마침내 그 거대한 헐벗음 속에서는, 덩그러니 서 있는 그
냥 한 그루의 나무까지도 가장 정답고 가장 연약한 이미지가
된다.* 예술작품과 여인들의 미소, 그들의 땅 속에 뿌리박은 인
종들, 수세기의 과거가 요약되어 있는 고적들, 그것은 여행이
구성하는 감동적이고도 생생한 풍경이다. 그리고 나서 하루가
끝나면 다시금 내 마음속에 영혼의 굶주림처럼 무언가 깊은
공허가 느껴지는 호텔방." 그러나 이 모든 것이, 잠을 청하기
위한 이야기들에 불과했었다는 것을 털어놓을 필요가 있을까?
그리고 이제 와서 똑똑히 말할 수 있지만, 프라하로 부터 내게
남은 것이라고는 길모퉁이마다 사람들이 손가락으로 찝어 들
고 먹을 수 있게 벌여놓고 파는, 식초에 담근 그 오이 냄새다.

* 카뮈 특유의 "부조리"가 드러나는 순간의 생생하고 정확한 묘사라고 볼
  수 있다.

그 시고 매운 향기는 내가 호텔의 문턱을 넘어서는 즉시 내 불안을 되살아나고 더욱 부풀어 오르게 했다. 그것도 그것이지만 어떤 아코디언 곡조 또한 거들었다. 내 방의 창문 밑에서는 어떤 외팔이 장님이 깔고 앉은 악기를 한쪽 엉덩이로 눌러 고정시키고 성한 손으로는 연주를 했다. 언제나 유치하고 감미로운 한 가지 곡뿐이었는데 그것이 아침이면 내 잠을 깨워서 갑작스럽게 나를 장식 없이 벌거벗은 현실 속으로 밀어 넣었고 나는 그 속에서 몸부림을 치게 되었다.

또 한 가지 생각나는 것은, 블타바강에서 갑자기 발길을 멈추고, 그 냄새나 그 멜로디에 사로잡힌 내가 자신의 한계 저 끝으로 내던져진 나머지 혼자 낮은 소리로, "이게 대체 뭐지? 이게 대체 뭐지?" 하고 중얼거렸던 기억이다. 그러나 아마도 나는 아직 극한점에까지는 이르지 않았던 것 같다. 나흘째 되던 날 아침 10시경, 내가 막 외출 채비를 하고 있을 때였다. 그 전날 찾으러 갔다가 찾지 못하고 온 어떤 유대인 묘지를 찾아가 볼 참이었다. 누가 옆방 문을 두드리는 소리가 들렸다. 잠시 조용하더니 다시 노크 소리가 들렸다. 이번에는 오래 계속되는 노크였으나 아무 대답이 없는 모양이었다. 무거운 발소리가 층계를 내려갔다. 나는 그것에는 주의를 기울이지 않은 채 텅 빈 머리로, 한 달 전부터 사용해 오던 면도용 크림의 사용법을 읽느라 한동안 골몰하고 있었다. 무더운 날씨였다. 흐린 하늘로부터 구릿빛 광선이 프라하 구시가의 첨탑과 돔들 위에 내리고 있었다. 신문 장수들이, 아침마다 그렇듯이 《나로드니 폴리티카》지紙를 사라고 외쳐댔다. 나는 나를 사로잡는 무기력 상태에서 가까스로 벗어났다. 그러나 밖으로 나가려던 순간 열쇠 꾸러미를 손에 든 우리 층 담당 종업원과 마주쳤다. 나는 멈춰 섰다. 그는 다시 오랫동안 옆방 문을 노크했다. 문을 열어보려고 했다. 아무 소용이 없었다. 아마 안쪽 빗장이 걸려 있는 것 같았다. 다시 노크 소리. 방안이 텅 빈 것같이 울리는 그 소리가 어찌나 음산하게 들리는지 숨이 답답해진 나는 아무것도 물어보고 싶지 않아 자리를 떴다. 그러나 프라하의 거리에서 나는 어떤 고통스러운 예감에 쫓기고 있었다. 그 종업원의 멍청한 얼굴, 괴상하게 휜 그의 에나멜 구두며 웃옷의 떨어진 단추 자국을 어떻게 잊을 수 있겠는가? 결국 점심 식사를 하긴 했지만 구토증이 점점 더 심해졌다. 2시경에 나는 호텔로 돌아왔다.

홀에서 종업원들이 수군거리고 있었다. 나는 내가 예감했던 것과 더 빨리 대면해보고자 층과 층을 빠르게 올라갔다. 아니나 다를까, 방문이 반쯤 열려 있어서 푸른색으로 칠한 커다란 벽만이 보였다. 앞서 말한 침침한 광선이 그 스크린 위에다 침대에 누워 있는 어떤 죽은 사람의 그림자와 시신 앞에 보초를 서고 있는 경찰관의 그림자를 비추고 있었다. 두 그림자는 수직으로 교차하고 있었다. 그 빛이 내 마음을 뒤흔들어놓았다. 그 빛이야말로 진정한 빛, 삶의 진실한 빛, 삶의 오후의 진실

영혼 속의 죽음

한 빛, 우리가 살아 있다는 것을 깨닫게해 주는 빛이었다. 그런데 그는 죽어 있었다. 자신의 방에서 홀로. 나는 그것이 자살이 아니라는 것을 알고 있었다. 나는 급히 내 방으로 들어가서 침대에 누웠다. 그림자로 미루어 보아 키가 작고 뚱뚱한, 여느 사람들이나 다름없는 어떤 사람이었다. 아마도 그는 오래전에 죽어 있었을 것이다. 그런데 종업원이 그를 찾아가 볼 생각을 할 때까지 호텔 안에서는 삶이 계속되어 왔던 것이다. 그는 아무런 의심도 없이 그곳에 왔다가 홀로 죽었다. 그동안 나는 면도용 크림의 광고를 읽고 있었다. 나는 그날 오후 내내 글로 표현하기 어려운 상태 속에서 지냈다. 머리는 텅 비고, 가슴은 이상하게 조여드는 것을 느끼며 나는 자리에 누워 있었다. 손톱을 다듬기도 하고 마루의 홈을 세어보기도 했다. '천까지 셀 수만 있다면….' 그러나 50이나 60에 이르면 그만 끝이었다. 더이상 계속할 수가 없었다. 밖에서 나는 소리는 전혀 들리지 않았다. 그러나 한 번, 복도에서 나직한 목소리가, 어떤 여자의 목소리가 독일어로, "참 좋은 사람이었는데…" 하고 말했다. 그때 나는 필사적으로 나의 도시를, 지중해의 기슭을, 그리고 초록빛 속에 잠긴 채 젊고 아름다운 여자들이 가득한, 내가 그토록 좋아하는 부드러운 여름 저녁들을 생각했다. 여러 날 동안 나는 말이라곤 한 마디도 입 밖에 내지 않았다. 그래서 내 마음은 억제된 부르짖음과 반항으로 터질 것만 같았다. 만일 누가 나에게 두 팔을 벌려주었더라면 나는 그 품속에 달려들

안과 겉

어 어린애처럼 울었을 것이다. 오후가 다 끝나갈 무렵 지칠 대로 지친 나는 아코디언의 유행가 곡조만 되풀이 되는 텅 빈 머리로 방문의 자물쇠를 정신없이 바라보고 있었다. 그 순간에는 그 이상 더 어떻게 할 수가 없었다. 이제, 나라도 도시도 방도 이름도 없었다. 광기냐 정복이냐, 굴욕이냐 영감靈感이냐, 나는 깨닫게 될 것인가 아니면 소멸되고 말 것인가? 문에서 노크 소리가 났고 내 친구들이 들어왔다. 나는 비록 낙담한 상태였지만 구원되었다. "너희들을 다시 만나니 반갑구나." 나는 이렇게 말한 것 같다. 그러나 나의 고백은 그 한 마디가 전부였고 그들의 눈에는 내가 그들과 헤어졌던 때와 다름없는 그대로였다고 나는 확신한다.

얼마 지나지 않아 나는 프라하를 떠났다. 그리고 물론 그 후 내 눈에 보이는 것에 관심을 기울였다. 바우첸*의 조그만 고딕식 공동묘지에서 보낸 어떤 시간, 그곳에서 본 제라늄의 눈부신 붉은 빛깔이며 푸른 아침에 대해서 나는 적을 수도 있을 것이다. 비정하고 메마른 실레지아** 지방의 길게 뻗은 벌판들에 대해서도 이야기할 수 있을 것이다. 나는 그 벌판들을 새벽에

* 독일 동부의 작은 도시.
** 폴란드 남부의 지역 이름.

영혼 속의 죽음

통과했다. 끈적거리는 땅들 저 위로, 안개가 짙게 낀 아침에 새들이 무겁게 떠서 지나가고 있었다. 나는 또 그 정답고도 엄숙한 모습의 모라비아*, 그 맑은 원경들이며 양옆에 새콤한 열매가 열린 자두나무들 줄지어 선 그 길들이 좋았다. 그러나 바닥이 보이지 않는 크레바스 속을 너무 오래 들여다본 사람들이 느끼는 어지러움이 내 속 깊은 곳에서 떠나지 않고 있었다. 나는 빈에 도착했고 일주일 만에 다시 떠났다. 그런데도 여전히 나는 자신에게 사로잡힌 포로와도 같았다.

그러나 빈에서 베네치아로 나를 싣고 가는 기차 속에서 나는 그 무엇인가를 기다리고 있었다. 나는 마치 미음만 먹고 지내다가 이제 처음으로 먹게 될 바삭한 빵 껍질의 맛을 생각하는 회복기의 환자와도 같았다. 한 줄기 광명이 솟아나고 있었다. 이제야 알겠다. 그때 나는 행복을 맞아들일 준비가 된 것이었다. 나는 다만, 비첸차** 근방의 어느 언덕 위에서 지낸 엿새 동안에 관해서만 이야기하겠다. 아니, 아직도 나는 거기에 있다. 지금도 가끔 거기로 돌아가 있는 나를 발견한다. 그리하여 모든 것이 로즈메리 향기에 젖어 내게로 되돌아와 있다.

나는 이탈리아로 들어선다. 나의 영혼에 꼭 들어맞는 그 땅

* 체코 동부의 옛 지역 이름, 동서쪽은 슬로바키아와 보헤미아, 북쪽은 폴란드의 실레지아, 남쪽은 오스트리아와 접한다.
** 이탈리아 북동부 파도바, 베네치아 가까운 도시.

이 가까워지고 있다는 신호를 하나하나 알아차린다. 처음 마주치게 되는 비늘 모양의 기와를 인 집들, 유화작용硫化作用으로 푸른색을 띤 벽을 타고 기어오르는 첫 번째 포도나무들이 그것이다. 그것은 또한 마당에 널어놓은 첫 번째 빨래들이며 어수선하게 흩어진 물건들이며 사람들의 내키는 대로 걸친 옷차림이다. 그리고 첫 번째 시프레나무들(그토록 가냘프고 그토록 곧은)이며 첫 번째 올리브나무, 먼지가 뽀얗게 앉은 무화과나무다. 이탈리아의 작은 도시들의 아늑하게 그늘진 광장들, 비둘기들이 쉴 곳을 찾아드는 정오의 시간, 완만함과 게으름, 거기서 영혼 속의 반항들은 무디어진다. 정열은 차츰차츰 눈물 쪽으로 길을 낸다. 그리고 마침내 당도한 비첸차. 여기서는, 암탉의 울음소리에 부풀어 오른 날빛의 깨어남으로부터 달콤하고 부드러운 저녁, 시프레나무들 뒤의 비단처럼 보드랍고 이따금씩 매미 울음소리가 길게 추임새를 넣는 저 비길 데 없는 저녁에 이르기까지, 하루하루는 제자리에서 빙글빙글 돈다. 나를 따라다니는 이 내면의 침묵은 하루를 다른 하루로 인도하는 느린 시간의 흐름에서 생겨난다. 오래된 가구들과 손으로 뜬 레이스 덮개가 갖추어져 있고 벌판으로 문이 열린 이 방 외에 또 무엇을 더 바라겠는가? 얼굴 위로는 온통 하늘뿐. 하루하루 나날들의 회전, 나는 움직이지 않은 채 나날과 함께 빙글빙글 돌며 그 회전을 따라갈 수 있을 것 같다. 나는 내 능력으로 누릴 수 있는 유일한 행복 주의 깊고 우정 어린 어떤 의식意識을 호흡한다. 나는 하루 종일 산책한다. 언덕에서 비첸차 쪽으로 내려가거나 아니면 들판 쪽으로 더 멀리 나간다. 만나는 사람마다, 그 거리의 냄새마다 나에게는 한없이 사랑할 구실이 된다. 여름캠프 어린이들을 보살피는 젊은 여성들, 아이스크림 장수들의 나팔 소리(그들의 수레는 손잡이를 달아 바퀴 위에 올려놓은 곤돌라다), 과일을 늘어놓은 진열대들, 까만 씨가 박힌 붉은 수박들이며 투명하고 끈적한 즙이 가득한 포도들, 더 이상 고독하게 지낼 수 없게 된 사람*에게는 그 모든 것들이 다 의지할 버팀목들이다. 그러나 매미들의 찌르는 듯하면서도 부드러운 피리 소리, 9월의 밤에 마주치는 물과 별들의 향기, 유향나무와 갈대숲 사이로 난 향기 그윽한 길들, 그런 모든 것 하나하나가 다 고독을 강요당하는 사람**에게는 사랑의 신호인 것이다. 이렇게 날들은 지나간다. 태양이 가득한 시간들의 눈부심이 지나간 뒤에는 서쪽에 비끼는 황금빛과 시프레나무들의 검은색이 만드는 찬란한 배경 속에 저녁이 온다. 그러면 나는 울음소리 저 멀리 들리는 매미들 쪽으로 길을 걸어간다. 내가 앞으로 발걸음을 옮기노라면 매미들은 하나하나 노랫소리를 낮추다가 마침내는 아예 울기를 그친다. 그토록 벅찬 아름

---

* 다시 말해 모든 사람들. (원주)
** 다시 말해 모든 사람들. (원주)

안과 겉

다음에 압도된 나는 느린 발걸음으로 나아간다. 하나하나 매미들이 다시금 내 뒤에서 목청을 부풀리다가 이윽고 노래하기 시작한다. 무관심과 아름다움이 쏟아져 내리는 하늘 속에 깃드는 신비. 그리하여 마지막 남은 저녁 빛 속에서 나는 어느 별장 정면에 새겨진 다음과 같은 글귀를 읽는다. "자연의 찬란함 속에 심령이 다시 나타난다In magnificentia naturae, resurgit spiritus." 바로 여기서 발걸음을 멈춰야 한다. 벌써 첫 별이 뜨고, 맞은쪽 언덕 위로 세 개의 불빛. 아무 예고도 없이, 돌연 내려오는 밤, 내 등 뒤의 덤불 숲속에 이는 수런거림과 미풍, 이 하루는 나에게 저의 다사로움을 남긴 채 사라져버렸다.

물론 나는 변하지 않았다. 다만 이제는 더 이상 고독하지 않을 뿐이다. 프라하에서 나는 벽 사이에 갇혀 숨이 막혔다. 여기서는 세계가 내 눈앞에 펼쳐져 있었다. 내 주위로 투사된 나는 나를 닮은 형상들로 이 우주 전체를 가득 채워놓고 있었다. 나는 아직 태양에 대한 이야기를 하지 않았다. 내가 어린 시절을 보낸 그 빈곤의 세계에 대한 나의 애착과 사랑을 이해하기까지 오랜 시간이 필요했던 것처럼, 나는 이제야 비로소 태양과 내가 태어난 고장이 주는 교훈을 조금이나마 깨달을 수 있게 된 것이다. 정오가 되기 조금 전이면 나는 밖으로 나가서 비첸차의 광대한 벌판이 내려다보이는, 내가 잘 아는 어느 지점으로 가곤 했다. 해는 거의 중천에 떠올라 있었고 하늘은 짙고 서늘한 푸른빛을 띠고 있었다. 하늘에서 내려오는 빛은 구릉들의 경사면을 따라 내달리다가 시프레와 올리브나무들, 하얀 집들과 붉은 지붕들에 옷 중에서도 가장 뜨거운 옷을 입혀준 다음, 햇빛에 겨워 아지랑이를 피워 올리는 벌판 속으로 빨려들어가 버렸다. 그럴 때면 똑같은 헐벗음이 남았다. 그리고 내 마음속에는 뚱뚱하고 키 작은 사내의 가로누운 그림자. 그리고 햇빛을 받아 소용돌이치는 그 들판 속에서, 먼지 속에서, 나무들을 베어버린 후 햇볕에 탄 풀들만이 부스럼 딱지처럼 남은 그 구릉들 속에서, 내 손끝에 만져지는 것, 그것은 내가 나의 내면에 지니고 있는 그 허무의 맛의 헐벗고 멋없는 어떤 모습이었다. 이 고장은 나를 나 자신의 중심으로 회귀시켜 숨겨온 나의 불안과 대면하게 만들었다. 그러나 그것은 프라하의 불안이었고 동시에 그것이 아니었다. 그것을 어떻게 설명할 수 있을까? 사실, 나무들과 태양과 미소로 가득한 그 이탈리아의 벌판을 눈앞에 두고 나는 한 달 전부터 나를 따라다니고 있는 죽음과 비인간성의 냄새를 다른 그 어느 곳에서보다 더 절실하게 알아차릴 수 있었다. 그렇다. 그 눈물 없는 충만함, 나를 가득히 채워주던 그 기쁨 없는 평화, 그 모든 것들은 다만 나의 몫이 아닌 것에 대한 매우 뚜렷한 의식, 즉 어떤 체념과 무관심에서 오는 것일 뿐이었다. 죽음을 앞두고 자기가 죽으리라는 것을 알고 있는 사람이 (소설 속에서라면 모르겠지만) 자기 아내의 운명 같은 것에는 관심이 없는 것처럼. 그 사람은 인간의 소명, 즉 에고이스트가 되는, 다시 말해서 절망적이게 되는 소명을 실천에 옮긴다. 내가 볼 때 이 고장에 불멸의 약속은 전혀 없다. 비첸차를 볼 수 있는 두 눈이 없다면, 비첸차의 포도알들을 만져볼 손이 없다면, 몬테베리코에서 발마라나 별장으로 가는 길 위에서 밤의 애무를 느낄 수 있는 살갗이 없다면 영혼 속에서 부활하여 다시 산다 한들 그것이 내게 무슨 소용이 있을 것인가?

그렇다, 이 모두가 다 진실이었다. 그러나 동시에 태양과 함께 무어라 형용하기 어려운 그 무엇이 내 마음속으로 들어오고 있었다. 이 극단적 의식의 극한점에서 모든 것이 하나로 합쳐지기에 내게 나의 삶은 송두리째 버리든가 송두리째 받아들이든가 해야 할 하나의 덩어리로 보였다. 나에게는 어떤 위대함이 필요했다. 나는 나의 깊은 절망과 세상에서 가장 아름다운 풍경들 중 하나가 지닌 저 은밀한 무관심의 대면 속에서, 그 위대함을 발견할 수 있었다. 거기에서 나는 용감해질 수 있는 동시에 의식적일 수 있는 힘을 길어냈다. 그렇게도 어렵고 그렇게도 역설적인 일만으로도 나로서는 충분했다. 그러나 아마도 나는, 그때 그렇게도 올바르게 느낄 수 있었던 것의 그 무엇인가를 이미 왜곡해버렸는지도 모른다. 하여튼 나는 프라하로, 내가 그곳에서 겪었던 그 치명적인 날들로 자주 되돌아가 본다. 나는 나의 도시로 돌아왔다. 다만 때때로 오이와 식초의 톡 쏘는 냄새가 나의 불안을 되살아나게 한다. 그럴 때면 나는 비첸차를 생각해야 한다. 그러나 두 도시가 다 내게는 귀중

영혼 속의 죽음

하며, 나는 빛과 삶에 대한 나의 사랑을, 내가 묘사하고자 했던 그 절망적인 경험에 대한 나의 숨은 애착과 따로 떼어서 생각하기가 어렵다. 독자들은 이미 깨달았겠지만, 나는 그들 중 어느 한쪽을 택할 생각이 없다. 알제 교외에는 검은 철문들이 달린 작은 공동묘지가 하나 있다. 그 묘지 끝까지 가면 안쪽 깊숙이 바다의 만이 보이는 골짜기를 발견하게 된다. 바다와 함께 숨 쉬고 있는 그 봉헌물 앞에서 사람들은 오랫동안 몽상에 잠길 수도 있으리라. 그러나 갔던 길을 되돌아올 때엔 어떤 버려진 무덤에서 '영원한 회한'이라고 쓰여 있는 팻말을 볼 수 있다. 다행히도 세상에는 이상주의자들이 있어 만사를 원만히 해결하는 것이다.

삶에   대한

사랑

팔마*에 밤이 오면 삶은 시장 뒤쪽 노래하는 카페들 거리 쪽으로 밀물처럼 서서히 밀려든다. 어두컴컴하고 침묵에 잠긴 골목들을 통과하면 불빛과 음악 소리가 새어나오는 덧창 달린 문들 앞에 이르게 된다. 나는 그런 카페들 중 어느 한 곳에서 거의 하룻밤을 새우다시피 해본 일이 있다. 그곳은 천장이 아주 낮은 장방형의 작은 홀로 안은 녹색으로 칠을 하고 장밋빛의 꽃장식이 되어 있었다. 그리고 나무 판장으로 덮은 천장은 빨간색 꼬마전구들로 뒤덮여 있었다. 그 좁은 공간 속에 밴드, 여러 빛깔의 술병들이 늘어 놓인 카운터, 그리고 어깨와 어

* 이베리아반도 남쪽 지중해의 스페인 자치 지역 발레아르 군도 중 하나인 마요르카섬 팔마만의 해변에 자리 잡은 큰 도시로 수많은 관광객이 모여드는 명소.

삶에 대한 사랑

깨를 맞붙인 채 숨 막히도록 조여 앉은 손님들이 기적적이라 싶을 만큼 용케 자리를 틀고 들어차 있다. 순전히 남자들 일색이었다. 그 한가운데에 2제곱미터쯤 되는 빈 공간. 그곳으로부터 술잔과 술병들이 종업원의 손을 통해 사방으로 전달되어 퍼져나갔다. 여기서는 누구 하나 제정신인 사람이 없었다. 모두가 고함을 질러댔다. 해군 장교인 듯한 사내가 아는 체를 한답시고 내 얼굴에다 알코올 냄새 풍기는 트림을 쏟아부었다. 내가 앉은 테이블에서는 나이를 분간할 수 없는 난쟁이가 자기의 인생담을 털어놓고 있었다. 그러나 너무 긴장된 상태라 나로서는 그 이야기를 귀담아들을 여유가 없었다. 밴드는 쉴새 없이 여러 곡을 연주하고 있었지만 모두가 다 발을 굴려 장단을 맞추고 있어서 귀에 들어오는 것은 오직 리듬뿐이었다. 가끔 문이 열리곤 했다. 그러면 떠들썩한 고함 가운데, 사람들은 새로 들어온 손님을 두 개의 의자 사이로 용케도 끼워 넣었다.*

별안간 심벌즈 소리가 쾅 하고 울리더니 카바레 한가운데의 협소한 원형 공간 속으로 갑자기 한 여자가 뛰어들었다. "스물한 살짜리요" 하고 장교가 내게 말했다. 나는 깜짝 놀랐다.

* 세상에는 즐거움 속에서 맛보는 어떤 여유 같은 것이 있는데 그것이 바로 진정한 문명됨을 나타내는 기준이 된다. 그런 점에서 스페인 민족은 유럽에서도 드물게 볼 수 있는 문명된 민족이다. (원주)

안과 겉

얼굴은 젊은 아가씨였지만 그 얼굴은 살의 산더미인 몸통 속에 새겨져 있었다. 여자의 키는 1미터 80센티쯤 되어 보였다. 엄청난 몸집의 여자는 무게가 약 300파운드쯤은 나갈 것 같았다. 양손을 허리에 턱 걸친 채, 노란 그물 타이츠를 입고 있어서 그물 구멍마다 허연 살이 바둑판 무늬로 부풀어 삐져나온 여자는 미소를 띠고 있었다. 그러자 양쪽 입가에서 귀 쪽으로 일련의 자잘한 살의 파도가 밀려갔다. 홀 안에서는 홍분이 극도에 달했다. 잘 알려지고, 인기가 있어서 모두가 기다리던 여자라는 것을 알 수 있었다. 여자는 여전히 미소를 짓고 있었다. 그리고 주위에 모인 관중을 쓰윽 훑어보더니 여전히 말 없고 미소 띤 얼굴로 그녀는 배를 앞으로 쑥 내밀어 출렁거리게 했다. 장내에는 한동안 함성이 솟구치더니 이윽고 잘 알려진 듯한 무슨 노래를 부르라고 청하는 소리가 들렸다. 그것은 콧소리가 나고, 세 박자마다 타악기가 둔탁한 리듬을 넣는 안달루시아 노래였다. 여자는 노래를 불렀고 목청을 뽑을 때마다 온몸으로 사랑의 몸짓을 해 보였다. 그 단조롭고 정열적인 몸놀림이 이어지는 동안 문자 그대로 살의 파도가 엉덩이에서 솟아올라 두 어깨 위로 거슬러 올라갔다가는 잦아들곤 했다. 카페 안의 관중은 압도되었다. 그러나 후렴에 이르자 여자는 두 손 가득 자기의 젖가슴을 움켜쥐고 제자리에서 빙글빙글 돌았고 축축하게 젖은 붉은 입을 벌려 장내의 모든 사람과 다 같이 합창으로 다시 멜로디를 토해내자 마침내 모든 사람

삶에 대한 사랑

이 소란 속에 벌떡 일어서고 말았다.

　온몸이 땀으로 번들거리고 머리는 흐트러뜨린 채 홀 한가운데를 차지하고 있는 그녀는 노란 그물 속에서 팽팽하게 부풀어 오른 육중한 몸을 일으켜 세웠다. 마치 물속에서 나온 무슨 추잡한 여신女神인 양, 멍청한 이마를 수그린 채 눈이 퀭해진 그 여자는 뜀박질을 하고 난 말들이 그러듯 그저 약하게 떨며 경련하는 무릎으로만 살아 있는 것 같았다. 신이 나서 발을 굴려대는 주위의 환호 속에 서 있는 그 여자는 텅 빈 두 눈의 절망과 배 위에 흐르는 질펀한 땀과 더불어 삶의 역겹고도 열광적인 이미지 같은 것이었다.

　카페와 신문이 없다면 여행은 어려울 것이다. 우리말로 인쇄된 한 장의 종이, 저녁때 우리가 사람들과 팔꿈치를 부딪치며 함께 지내보고자 하는 어떤 장소, 그런 것들 덕분에 우리는 제 고장에서 있었을 때의 자기였던 그 사람, 그러나 먼 곳에 갖다 놓으면 그토록 낯설어 보이는 그 사람을 익숙한 몸짓으로 흉내낼 수 있는 것이다. 왜냐하면, 여행의 진정한 가치는 바로 두려움이니 말이다. 여행은 우리들의 속에 있던 일종의 내면적 무대장치를 부숴버린다. 이제 더 이상 속임수를 써볼 수가 없다. 사무실과 작업장에서 일하며 지내는 시간들 뒤에 숨어서 가면을 쓰고 지내는 짓은 더 이상 할 수 없다. (그렇게 보내는 시간들에 대해 우리는 그토록 심하게 불평해대지만, 실은 고독의 괴로움으로부터 그토록 확실하게 우리를 방어해주는 것도 그러한 시간들이다.) 그래서 나는 늘 주인공들이 이런 말을 하는 소설들을 쓰고 싶은 것이다. "내가 사무실에 출근해서 보내는 시간들이 없다면 나는 어쩌겠는가?" 혹은 "아내가 죽었다. 그러나 다행히도 내일까지 작성해서 발송해야 할 서류가 잔뜩 쌓여 있다." 여행은 우리에게서 그런 피난처를 빼앗아간다. 우리의 가족 친지로부터, 우리의 언어로부터 멀리 떨어져, 의지가 되는 것들을 모조리 다 빼앗기고 우리의 가면들도 벗겨져버린 채(전차의 요금이 얼마인지도 모른다. 모든 것이 다 그런 식이다) 우리는 송두리째 우리 자신의 표면으로 노출되는 것이다. 그러나 또한 자신의 영혼이 앓고 있음을 느끼게 되면 우리는 모든 사람과 모든 사물 하나하나에 그것의 기적 같은 가치를 회복시켜주게 된다. 아무 생각 없이 춤추는 여자, 커튼 뒤로 보이는 테이블 위의 술병, 이런 이미지 하나하나가 제각기 어떤 상징이 된다. 그 순간의 우리 삶이 거기에 요약되는 만큼 거기에 삶의 전모가 비쳐 보이는 것 같다. 자연이 내려준 이 모든 선물들이 민감하게 느껴질 때, 우리가 맛볼 수 있는 (명철함의 도취감에 이르기까지) 모순된 도취감들을 어떻게 표현하면 좋을 것인가. 아마 지중해를 제외하고는 여태껏 어느 고장도 나를 이렇게까지 나 스스로에게서 멀리 떨어지게 하는 동시에 이렇게까지 가까이 접근시켜준 일은 없을 것이다.

아마도, 팔마의 카페에서 맛본 감동도 바로 거기서 온 것이리라. 그러나 그와 반대로 정오 무렵 대성당 쪽의 인적 없는 거리에서, 곳곳에 서늘한 안뜰을 품고 있는 오래된 궁전들 가운데서, 그늘 냄새가 고여 있는 골목길들에서, 문득 나를 덮치는 것은 어떤 '느림'의 느낌이다. 길거리에는 아무도 없었다. 가옥의 옥상 베란다에 우두커니 앉아 있는 노파들. 집들을 따라 거닐고, 푸른 식물과 둥근 회색의 기둥들이 가득 찬 뜰에서 발을 멈추기도 하며 그 침묵의 냄새 속으로 녹아들어 가는 나는 자신의 한계를 잃은 채 한낱 나 자신의 발소리, 아니면 아직도 햇빛을 받고 있는 벽들 저 꼭대기에 그림자를 던지며 날아가는 새들의 비상飛翔에 지나지 않았다. 그리고 또 나는 고딕풍의 소규모 산프란치스코 수도원에서 오랜 시간을 보내기도 했다. 그 섬세하고 정교한 주랑柱廊은 스페인의 오래된 고적들 특유의 그 아름다운 금빛의 노란 광채로 빛나고 있었다. 안뜰에는 협죽도, 잡종 후추나무들, 그리고 녹슨 금속의 길쭉한 두레박이 매달려 있는 주철 장식의 우물 하나. 지나는 사람들이 그곳에서 물을 마셨다. 때때로, 그 두레박이 돌로 된 우물 바닥에 떨어지면서 울리던 맑은 소리가 아직도 기억에 새롭다. 그렇지만 이 수도원이 나에게 가르쳐주는 것은 삶의 감미로움이 아니었다. 푸드덕 날아오르는 비둘기들의 날갯짓, 돌연 정원 한가운데 웅크린 침묵 속에서, 우물의 두레박 쇠사슬이 쓸리는 쇳소리 속에서, 나는 새로우면서도 친숙한 어떤 맛을 되찾는 것이었다. 그 같은 겉모습들의 독특한 유희를 바라보면서 나는 정신이 맑아져 미소를 지었다. 어떤 몸짓 하나에도, 세계의 얼굴

안과 겉

이 미소 짓고 있는 그 수정水晶에 금이 가버릴 것만 같았다. 무엇인가가 무너져 내리고, 날아오르던 비둘기들은 죽어서 제각기 날개를 펼친 채 천천히 떨어지려는 것만 같았다. 단지 나의 침묵과 부동不動만이 그렇게까지 어떤 환상에 가까웠던 것을 실제처럼 느껴지게 만들었다. 나도 그 유희에 가담하고 있었다. 헛된 희망에 팔린 것은 아니지만 나는 겉모습들에 동참했다. 아름다운 금빛 햇살이 수도원의 노란 돌들을 다사롭게 어루만지고 있었다. 어떤 여자가 우물에서 물을 길어 올리고 있었다. 한 시간 후면, 일 분 후면, 일 초 후면, 아니 어쩌면 지금 당장 모든 것이 무너져버릴 수도 있었다. 그러나 기적은 계속되었다. 세계는 수줍고, 아이러니컬하고 은밀하게(여인들 사이의 그 어떤 부드러우면서도 조심스러운 형태의 우정처럼) 지속되고 있었다. 어떤 균형이, 그러나 그 자체의 종말에 대한 두려움에 온통 물들어 있는 어떤 균형이 지탱되고 있었다.

바로 그것이 삶에 대한 나의 모든 사랑이다. 내 손에서 빠져나가 버리려고 하는 것에 대한 말 없는 정열, 불꽃 속에 감추어진 쓰라림 말이다. 매일 같이 나는, 이 세상에서 흐르는 시간 속에 짧은 한순간 동안 새겨진 나 자신으로부터 마치 납치당하기라도 하는 느낌으로 그 수도원을 떠나곤 했다. 그리고 나는 왜 그때 내가 도리아식 아폴론 조각상의 시선 없는 눈, 또는 지오토의 그림 속 저 불타는 듯하면서도 정지된 인물들을 생각했는지를 알고 있다.* 바로 그때 나는 그와 같은 고장들이 나에게 가져다줄 수 있는 것이 무엇인지 진정으로 깨달을 수 있었던 것이다. 나는 지중해 기슭에서 사람들이 삶의 확신과 규범들을 찾아내고 그곳에서 이성을 만족시키며 낙관주의와 사회적 감각을 정당화하고 있다는 것에 감탄을 금할 수 없다. 왜냐하면, 요컨대, 그 당시 내게 강한 인상을 준 것은 인간의 척도에 맞춰 만들어진 세계가 아니라 인간의 면전에서 문을 닫아버리는 세계였기 때문이다. 그렇다. 이 고장들의 언어가 내 속에서 깊이 울리는 그 무엇과 일치되었던 것은, 그것이 나의 질문들에 답을 주기 때문이 아니라 나의 질문들을 무용하게 만들어버리기 때문이었다. 내 입에 오를 수 있었던 것은 은총의 작용들이 아니라 쏟아지는 햇빛에 짓눌린 풍경 앞에서가 아니고는 생겨날 수 없는 그 '나다Nada(허무)'였던 것이다. 삶에 대한 절망 없이 삶에 대한 사랑은 없다.

이비자에서 나는 매일 같이 항구에 늘어선 카페들로 가서 앉아 있곤 했다. 오후 5시쯤 되면 그 고장의 젊은이들이 방파제를 따라서 두 줄로 열 지어 산책을 한다. 거기서 결혼이라든가 삶의 온갖 일들이 이루어진다. 그처럼 세계를 온통 눈앞에다 두고 인생을 시작하는 것에는 어떤 위대함이 엿보인다고

* 미소와 시선의 출현과 더불어 그리스 조각의 쇠퇴와 이탈리아 미술의 해체가 시작되었다. 마치 정신이 시작하는 곳에서 아름다움은 끝난다는 듯.(원주)

안과 겉

하지 않을 수 없다. 나는 아직도 진종일 쏟아지는 햇빛으로 어지러움을 느끼며 하얀 교회당들, 석회로 바른 벽들, 메마른 들판과 산발한 올리브나무들로 머릿속이 가득한 채 자리에 앉아 있었다. 나는 달큰한 보리즙을 마셨다. 그리고 내 맞은편에 보이는 언덕의 곡선에 눈길을 던졌다. 언덕들은 바다 쪽을 향해 완만한 경사를 이루며 내려오고 있었다. 저녁이 초록빛으로 변해갔다. 가장 높은 구릉 위에서는 하루의 마지막 미풍이 풍차의 날개를 돌리고 있었다. 그러자, 그 무슨 자연의 기적인지 모든 사람이 목소리를 낮췄다. 그리하여 하늘과 그 하늘을 향하여 떠오르는 노래하는 듯한 말소리들밖에 남은 것이 없는데 그 말소리들도 매우 먼 곳에서 들려오는 것처럼 들렸다. 그 짧은 황혼의 한순간 속에는 덧없고도 우수에 잠긴 그 무엇이, 어떤 한 사람에게만이 아니라 한 고장의 모든 사람에게 골고루 감지되는 그 무엇이 감돌고 있었다. 이럴 때면 나는 울고 싶어지는 느낌으로 사랑의 충동을 느꼈다. 이제부터 내가 잠을 자는 시간은 한순간 한순간이 다 삶의 시간에서… 다시 말해 대상 없는 욕망의 시간에서 도둑맞는 시간이라는 느낌이 들었다. 팔마의 카바레와 산프란치스코 수도원에서의 저 감동적인 시간에서처럼, 나는 내 두 손 안에 세계를 움켜잡고 싶던 저 엄청난 충동 앞에서 어쩔 줄을 모른 채 긴장이 되어 자리에서 움직일 줄을 몰랐다.

　내 생각은 옳지 않다는 것을, 스스로에게 부과해야 할 한계들이 있다는 것을 나는 잘 알고 있다. 그런 조건에서만 창조가 가능하다. 그러나 사랑하는 데는 한계가 없다. 그리고 전체를 다 포용할 수만 있다면 껴안는 방법이 서투른들 어떠랴. 제노바에는 여자들이 있었다. 어느 날 아침나절 줄곧 나는 그 여자들의 미소에 홀려 있었다. 나는 그 여자들을 다시는 만나지 못할 것이다. 이보다 더 당연한 일은 없다. 그러나 무슨 말로도 나의 미련의 불길을 다 표현할 수는 없으리라. 산프란치스코 수도원의 작은 우물, 나는 그곳에서 비둘기들이 날아오르는 것을 보았고 그것으로 내 목마름을 잊었다. 그러나 반드시 내 목마름이 되살아나는 때가 올 것이다.

안과   겉

독특하고 외로운 여자였다. 그녀는 혼백들과 친밀하게 소통하고 그들의 다툼에 자기 일인 양 나섰으며, 자기가 몸담고 있는 세계에서 평이 좋지 못한 자기 가족들 중 몇몇은 만나기를 거부하고 있었다.

그녀의 언니에게서 얼마 안 되는 유산이 그녀의 몫으로 떨어졌다. 만년에 굴러든 이 5000프랑은 아주 처치 곤란한 것이었다. 그 돈을 투자할 필요가 있었다. 거의 대부분 사람들이 거액의 재산은 이용할 줄 알지만 금액이 얼마 안 되는 경우에는 어려움을 느끼는 법이다. 그 여자는 자기 자신에게 끝까지 충실했다. 죽음이 가까웠으므로 그녀는 자기의 늙은 유골을 의탁할 곳을 마련해 두고 싶었다. 절호의 기회가 하나 생겼다. 그녀가 사는 마을 공동묘지에 기한이 다 차서 만기가 된 묘소가 하나 난 것이다. 그 터에는 주인들이 절제된 생김새의 검은

안과 겉

대리석으로 된 호화로운 지하 매장실을 하나 세워놓았었는데 그야말로 보물이었다. 저쪽에서는 4000프랑이면 그것을 그 여자에게 넘기겠다고 했다. 그녀는 그 지하 매장실을 샀다. 그 것은 주식 파동이나 정치적 사건들에 영향을 받지 않는 확실 한 투자였다. 그녀는 묘혈 내부를 정리하고, 언제든지 자기 자신의 육신을 받아들일 준비를 갖추게 했다. 그리고 그 모든 일이 다 끝나자, 금박 대문자로 자기 이름을 새기게 했다.

이 일이 어찌나 만족스러웠는지 그 여자는 자기 무덤을 향한 진짜 사랑에 빠지고 말았다. 처음에는 일의 진척 상태를 보러 갔지만 나중에는 매주 일요일 오후마다 찾아가기에 이르렀다. 그것은 그 여자의 유일한 외출이자 유일한 소일거리였다. 오후 2시경이면 먼 길을 걸어서 묘지가 있는 마을 초입까지 가는 것이었다. 그녀는 그 작은 지하 매장실로 들어가서 조심스레 문을 닫고 기도대 위에 무릎을 꿇었다. 이렇게 자기 자신과 대면하면서 그 여자는 현재의 자신과 앞으로의 자신을 서로 만나게 하고, 항상 끊어져 있는 사슬의 고리를 다시 발견하면서 별로 힘들이지 않고 신의 비밀스러운 섭리를 간파했다. 심지어 어떤 기이한 상징을 통해서, 어느 날 그녀는 세상 사람들의 눈에 자기가 이미 죽었다는 것을 깨닫게 되었다. 만성절날, 여느 때보다 늦게 그곳에 도착한 그 여자는 지하 묘지의 문턱에 오랑캐꽃들이 여기저기 경건하게 뿌려져 있는 것을 발견했다. 그 무슨 갸륵한 마음씨의 발로였던가, 꽃 없이 방치된 그

안과 겉

무덤을 보고 동정심을 느낀 어느 이름 모를 사람들이 자기들의 꽃을 나누어 돌보는 이 없이 버려진 고인의 기억을 추념하고자 한 것이다.

이제 나는 다시 여기 있는 것들 쪽으로 돌아온다. 창문 저쪽편에는 정원이 있는데 내게는 오직 그걸 에워싼 담장들만 보인다. 그리고 햇빛이 흘러내리는 저 나뭇잎들. 그보다 더 위쪽에도 또 나뭇잎들. 또 그 위에는 태양. 그러나 바깥쪽에 느껴지는 대기의 저 모든 기쁨과 세계 위에 퍼져있는 저 모든 즐거움 중에서 내가 감지할 수 있는 것은 오직 내 방의 흰 커튼들위에 어른거리는 나뭇가지의 그림자들뿐이다. 그리고 방 안으로 마른 풀 냄새를 끈질기게 흘려보내고 있는 다섯 가닥의 햇살. 미풍이 일고 그림자들이 커튼 위에서 살아 생동한다. 구름이 해를 가렸다가 다시 해가 나면 미모사가 꽃이 꽂힌 꽃병에서 황홀한 노란빛이 그늘로부터 솟아오른다. 이것만으로도 충분하다. 이제 막 밝아지는 한 줄기 빛만으로도 나는 어느새 몽롱하고 얼떨떨한 기쁨에 휩싸인다. 1월의 어느 오후가 이렇게나를 세계의 이면과 대면시켜준다. 그러나 대기 속에는 싸늘한 기운이 남아 있다. 도처에 덮여 있는 태양의 얇은 막은 손톱 끝으로 건드리기만 해도 곧 부서져버릴 것 같지만 그래도만물을 영원한 미소로 감싸주고 있다. 나는 대체 누구인가? 그리고 나뭇잎들과 햇빛의 희롱 속으로 빠져서 들어가는 것 말고 내가 무엇을 더 할 수 있겠는가? 내 담배가 타서 빨려 들어

안과 겉

가고 있는 이 광선이 되고, 공기 속에 감도는 이 다사로움과 은근한 정열이 되는 것 말고 내가 무엇을 또 할 수 있겠는가? 만일 내가 나 자신에게 닿으려고 한다면 그것은 바로 이 빛 속에서다. 그리고 세계의 비밀을 전해주는 이 미묘한 맛을 이해하고 음미하려고 애쓴다면, 그때 내가 우주 저 깊숙한 곳에서 발견하게 되는 것은 바로 나 자신이다. 나 자신, 다시 말해서 나를 무대장치로부터 해방시켜주는 이 극도의 감동 말이다.

조금 전에는 다른 것들, 인간들과 그들이 사들이는 무덤 같은 이야기였다. 그러나 나는 시간의 옷감에서 이 한순간을 오려내봤으면 싶다. 다른 사람들은 책갈피 속에 한 송이 꽃을 접어 넣어 사랑이 그들을 스쳐 지나가던 어느 산책의 기억을 그 속에 간직한다. 나 역시 산책을 하지만 나를 쓰다듬는 것은 어떤 신神이다. 인생은 짧은 것이기에 자신의 시간을 허비한다는 것은 죄악이다. 내가 활동적이라고 사람들은 말한다. 그러나 활동적이라는 것도, 너무나 일에 골몰하여 정신을 못 차리는 것이고 보면 그 또한 시간을 허비하는 것이다. 오늘은 잠시 동안의 정지 상태라 나의 마음은 저 자신을 만나러 간다. 아직도 불안으로 내 가슴이 조여드는 것은 잡히지 않은 이 순간이 내 손가락 사이로 마치 수은水銀 방울처럼 미끄러져 나가는 것을 내가 느끼기 때문이다. 그러니 세계에 등을 돌리고자 하는 이들은 그러도록 내버려두자. 나는 내가 태어나는 것을 바라보고 있기에 불만스러울 것이 없다. 지금 이 시각, 나의 왕국은

안과 겉

송두리째 이 세계의 것이다. 이 태양과 이 그늘들, 이 열기, 대기 속에서 느껴지는 이 싸늘함…. 하늘이 나의 연민에 화답해 그 충만함을 쏟아부어주는 이 창문에 모든 것이 다 쓰여 있는데, 무엇인가가 죽어가고 있는지 어떤지, 그리고 사람들이 괴로움에 시달리고 있는지 어떤지 마음속으로 물어볼 것인가? 중요한 것은 인간적으로 되고 단순해지는 것이라고 나는 말할 수 있고 또 잠시 후에는 실제로 그렇게 말할 것이다. 아니다, 중요한 것은 진실해지는 것이다. 그러면 모든 것, 즉 인간적인 것도 단순함도 거기에 다 새겨지는 것이다. 그런데, 내가 곧 세계일 때보다 더 진실해지는 때가 과연 언제겠는가? 나는 갈망하기도 전에 만족되었다. 영원이 눈앞에 있는데, 나는 그것을 바라고 있었던 것이다. 이 순간 내가 바라는 것은, 행복해지는 것이 아니라 오직 또렷한 의식 상태를 유지하는 것이다.

한 사람은 관조하고 다른 사람은 자기의 무덤을 판다. 어떻게 그들을 서로 분리해 생각하겠는가? 인간들과 그들의 부조리를 어떻게 분리해 생각하겠는가? 그러나 여기 미소 짓는 하늘이 있다. 햇빛이 부풀어 오른다. 곧 여름이 되려는가? 그러나 사랑해야 할 사람들의 눈과 목소리가 여기 있다. 나는 나의 모든 몸짓으로 세계를 붙잡고 있으며 나의 모든 연민과 감사를 통해서 인간들을 붙잡고 있다. 세계의 이 안〔裏面〕과 저 겉〔表面〕 중에서 나는 어느 한쪽을 택하고 싶지도 않고 또 남이 택하는 것을 좋아하지도 않는다. 사람들은 우리가 명철한 동시에 아이로니컬해지는 것을 원하지 않는다. "그건 당신이 착하지 않다는 것을 드러내는 것이오"라고 그들은 말한다. 그 두 가지 사이에 무슨 관련이 있다는 것인지 나는 알 수가 없다. 어떤 이를 가리켜 그는 배덕자라고 말하는 소리를 들으면 그가 어떤 윤리관을 세워 가질 필요가 있다는 뜻으로 새겨듣고, 또 어떤 사람을 가리켜 지성을 도외시하는 사람이라고 하는 소리를 들으면 나는 그가 자기 마음속의 의혹을 견디지 못하는 사람이라는 뜻으로 해석한다. 그러나 나는 사람들이 속임수를 쓰는 것을 좋아하지 않기 때문이다. 큰 용기란 빛을 향해서나 죽음을 향해서나 다름없이 두 눈을 똑바로 뜨고 직시하는 일이다. 그런데, 삶에 대한 이 감당 못 할 사랑으로부터 이 은밀한 절망으로 인도하는 접속점을 어떻게 표현하면 좋을까? 사물들의 밑바닥에 깔려 있는 아이러니*에 가만히 귀를 기울여보노라면 그것은 서서히 모습을 드러낸다. 작고 맑은 눈을 깜박이며 그 아이러니는 "마치 그런 것처럼… 살도록 하시오" 하고 말하는 것이다. 많은 탐구에도 불구하고 나의 모든 앎은 이 정도다.

따지고 보면, 내가 옳다고 확신할 수는 없다. 그러나 사람들이 내게 그 내력을 이야기해준 그 여자를 생각하면 그것은 중요한 일이 아니다. 그 여자는 죽을 것이므로, 그녀의 딸은 그

---

* 바레스Barres가 말하는 〈자유의 보증〉.

여자가 아직 살아 있는 동안에 그 여자에게 수의를 입혔다. 사실, 사지가 굳어지기 전에 그렇게 하는 것이 더 쉽다고 한다. 그러나 그렇다 해도 우리가 이토록 성급한 사람들 사이에서 살아가고 있다는 것은 매우 기이한 일이다.

(끝)

해설

《안과 겉》에 대하여[*]

카뮈의 문학 입문

알베르 카뮈는 지드에 대한 글에서 자신이 어떻게 문학을 지망하게 되었는지 그 내력을 이야기한 적이 있다. 아직 '바닷가 모래밭과 심드렁한 공부, 그리고 심심풀이로 해보는 독서', 당

---

* 이 글은 갈리마르 출판사의 플레야드판 카뮈 전집 제2권 《에세이ESSAIS》 (1965)에 로제 키요가 붙인 주석을 옮긴 것이다. 이 주석의 뒤에는 〈장 릭 튀스Jehan Rictus〉, 〈음악에 관한 에세이Essai sur la musique〉, 〈금세기의 철학 La Philosophie du siécle〉, 〈가난한 거리의 목소리Voix du quartier pauvre〉 등 카 뮈가 초년기에 쓴 글들의 전문이나 발췌가 부록으로 소개되어 있다. 본래 이 글에는 단락 구분이 없으나 독자들의 이해를 돕기 위해 역자가 임의로 단락을 나누고 소제목을 붙였다.

시 그가 처해 있던 어려운 생활이 계속될 뿐 뚜렷하게 관심을 끄는 것 하나 없었던 무렵 그는 앙드레 리쇼의《고통·La Douleur》이라는 책을 읽게 되었다. 그 속에서 그는 가난과 저녁 나절의 아름다움, 어머니 등을 만날 수 있었다. "내 고집스러운 침묵, 모호하면서도 도도한 나의 고뇌, 나를 에워싸고 있는 기이한 세계, 내 가족들의 고귀한 품위, 그들의 가난, 그리고 끝으로 나의 비밀들, 그런 모든 것도 그러니까 표현될 수 있는 것이었다! 거기에는 어떤 해방감 같은 것이, 어떤 범주의 진실이 담겨 있었다. 예를 들어서 가난이 돌연 그것의 참다운 모습을, 내가 전에 막연히 짐작만 하면서 은연중에 귀중한 것으로 떠받들고 있던 그런 모습을 지니게 되는 그런 진실의 세계 말이다.《고통》은 나에게 창조의 세계를 엿볼 수 있는 기회를 주었고 그 뒤 지드는 마침내 나를 그 세계 속으로 발 들여놓게 했다."

당시 카뮈의 나이 열일곱 살이었다. 그는 로베르 조소와 더불어 장 그르니에의 제자였다. 그르니에는 당시 그의 문과반 학생들에게 매우 큰 지적 영향력을 끼치고 있었다. 그 문과반의 첫해는 카뮈에게 짧고 덧없는 것이었다. 그는 폐병에 걸려 병상에 눕게 되었다.[*] 그래서 그는 뮈스타파 병원에서(〈가난한 사람들의 동네〉라는 수필을 보라) 적절한 치료를 받으며 삼촌인

***

[*] 뤼시앵 카뮈에 의하면 1930년 5월.

아코Acault 씨 댁**에서 회복기를 보내야 했다.

이듬해, 바칼로레아에 응시할 수 없게 된 카뮈는 여전히 장 그르니에의 지도를 받으며 문과반에서 재수를 하게 된다. 그의 학우들의 말에 의하면 바로 그 무렵에 스승과 제자 사이에 일종의 지적인 대화가 이루어졌고 머지않아 그것은 우정으로 변했다고 한다. 학교식의 공부에 별로 어울리지 않는 정신의 소유자인 카뮈는 대학교의 교육 방식에 잘 적응하지 못하여 문학 공부와 철학 공부를 놓고 선택을 망설이고 있었다. 그는 문학사에 별로 취미가 없어서 문학이 멀게만 느껴졌고, 철학 쪽을 택하자니 그에겐 체계적 정신과 논리에 대한 정열이 결여되어 있었다. 어찌할 것인가? 그는 장 그르니에와 상의했다. 아닌게 아니라 그르니에는 자신의 작품을 통해서 철학적 불안과 문학적 표현의 종합을 보여주는 것이었다(《섬》에 부친 서문 참조).

또한 카뮈는 이미 문학에 투신한 터였다. 1931년 이래 그의 학우들 중 하나인 로베르 피스테르가 창간한 '문학예술 월간지'인 《쉬드Sud》가 존재하고 있었다. 카뮈는 거기에 네 편의 글을 발표한다. 1932년 3월에 〈새로운 베를렌Un nouveau Verlaine〉, 1932년 5월에 장 릭튀스에 대한 짧은 연구, 철학 리

** 랑그도크가街

포트를 손질하여 만든 〈음악에 대한 시론試論〉, 그리고 '금세기의 철학'이라는 제목으로 실은 베르그송—그르니에가 수업중에 검토의 대상으로 삼은—론이 그것이다.* 아직 뚜렷하게 눈에 띄는 구석은 없으나 따지고 보면 일종의 데뷔였다. "이것은 연습적인 글이요 에스키스다. 그런 상태로서 읽어줄 필요가 있다"라고 장 그르니에는 소개했다(제7호).

그렇기는 하나 그것에는 그의 철학적 관심—비합리적 세계에 대한 그 나름의 철학과 종교— 과 예술 및 헬레니즘에 대한 관점, 가난과 삶에 대한 반응과 반항 등에 대하여 시사하는 바 없지 않다. 그래서 나는 그 글들을 발췌하여 부록에 싣는 것이 좋다고 생각하게 된 것이다.

카뮈의 초기 텍스트들

그의 사람 됨됨이가 잘 드러나는 초기의 텍스트들은 출판되지 않았거나 찾을 수 없게 되고 말았다. 나는 우선 그가 아마도 1937년의 방학 동안에 쓰기 시작한 것으로 추정되는 〈직관 Intuitions〉**의 예를 들겠다. 그는 다음과 같은 지드의 말을 제

---

* 《젊은 시절의 글》 참조.
** 위의 책.

사題詞로 붙여놓고 있다. "나는 행복해지기를 원했다. 그 밖에는 어떻게도 되고 싶지 않다는 듯이." 글의 내용은 정열에 들뜬 청년 특유의 것이었다. "몽상들은 엄청난 권태에서 태어난다. 그것은 자신의 열정과 믿음을 위하여 하나의 대상을 요구하는 너무나도 신비주의적인 영혼의 동경을 나타낸다. 때때로 그런 몽상이 좌절을 만나게 되는 것은 사람들이 그 열정을 원치 않았기 때문이다. 그 몽상이 때때로 부정적이게 되는 것은 사람들이 그 긍정을 원치 않았기 때문이다. 그러나 제자리 걸음과 잘못과 망설임과 따분함에도 불구하고 거기에는 당장이라도 초인적인 교감과 불가능한 행동에 뛰어들 것 같은 열정이 여전히 남아 있다."

문학적 가치는 제한된 것이지만 젊은 카뮈의 개성이 비쳐 보이는 것 같은 이 몇 페이지의 글은 흔히 낭만적인 내면의 대화 형식으로 진행되고 있다(⟨밤Les Nuits⟩ 혹은 ⟨스텔로Stello⟩). ⟨불안Incertitudes⟩이라는 글은 지배하고 싶은 욕구, 진리와 행복에 대한 열정을 방법론적인 무심의 추구와 서로 대립시킨다. "내가 스스로 따르지도 않는 처신의 규율을 스스로에게 정해두는 데는 지쳐서… 나는 강하지 못하다. 나는 무심해지고 싶다." 그러나 이런 대화 자체가 서로 다른 그 두 가지 경향 사이의 어떤 심오한 통일성이나 타협에 대한 관심을 나타내고 있다.

⟨나에게로 돌아오다Retour sur moi-même⟩라는 글이 구체적

으로 보여주는 것이 바로 그것이다. "보라. 내 생각 속에서 내가 찾아 마지않는 통일성은 존재하지 않는다. 그러나 그 생각의 원칙 자체와 통일성은 그런 것이 없다는 사실 속에 존재한다…." 이건 벌써 어떤 의미에서는 부조리다. 그러나 카뮈는 곧 이렇게 덧붙인다. "사실 나는 통일성을 믿는다. 그리고 나는 많은 것을 믿는다."

〈동경Souhait〉이라는 글은 우리들을 다시금 대화로—이번에는 '광인'과의 대화로—인도한다. "얼마나 삶을 사랑하고 싶은지 모른다. 나는 모든 구속에서 벗어나고 싶다. 나는 죽음이 무섭다. 죽음이 나를 눈멀게 한다. 목표에 닿아버린다는 것은 슬프다. 그래서 나는 삶을 사랑하고 싶지 않다. 그것은 너무 가깝고 너무나 구체적으로 손에 만져지는 것이다…." 이리하여 우리는 우회를 통해 진실의 문제, 즉 삶에 대한 사랑과 믿음의 형태로 되돌아온 것이다. 물론 불분명하고 윤곽이 뚜렷하지 못하며 억제된 열정과 열광으로 이루어진 믿음 말이다. 어딘가에 쓰이기만을 바라고 있는 열정과 열광. 그러나 어디에?

"사실 너는 더 높은 그 무엇을 믿고 있다" 하고 내가 말한다. "사실 나는 믿으려고 애를 쓴다" 하고 그가 말한다. 그런 다음에 광인은 덧붙인다. "아무것도 발견하지 않기 위하여 찾는다는 것. 항상. 찾기를 그만두기엔 너는 너무 안절부절 못하는 거야. … 그런데 말이지, 우리는 적어도 뭔가를 찾게 되고 말 거야."

"뭣을?" 내가 말한다.

"권태를."

　1931년 10월의 것인 〈착란Délires〉이라는 또 다른 텍스트는 청소년 시절의 저 번민, 자아와 카뮈 자신이 몸담고 있는 세계의 저 불만족으로 다시 돌아온다. "나는 삶의 의미를, 내가 알지 못하는 그 삶의 의미를 찾고 있었다." 이에 대해 광인은 영혼의 평화를 내세우면서 앎의 거부로 대답을 삼는다. "앎을 거부한다는 것은 구속으로부터의 벗어남이요, 결정적으로 한걸음 나아감이요, 영혼의 해방이다." 범속해지고 싶은 욕구가 그를 사로잡는다. 그러나 그의 독특한 면이 벌써부터 그림자처럼 자신을 쫓아다니고 있다는 느낌을 지울 수 없다. "온갖 모순이 괴롭듯이 나는 그것이 괴롭다. 내 속에서 나는 모든 것을 서로 화해시킨다…. 내가 외적인 모순들을 없앨 수 없다는 것은 분명하다. 그것은 삶의 핵심 그 자체다. 나는 그 모순 앞에서 무력하다. 그렇기 때문에 나의 괴로움은 치유할 길이 없다."

　요컨대 랭보, 니체, 혹은 지드에서 온 이런 문학적 연상의 이면에서, 의식적으로 흥분을 감추지 않고 있는 표현의 서투른 낭만성 이면에서, 우리는 카뮈의 전 작품에 자양분을 공급하고 있는 모든 모순들을 발견할 수 있다. 단순한 행복과 위대함 사이의 신성한 차원에서 살고자 하는 욕구("그리하여 마침내 신들이 되어 우리는 영원한 욕망 속에서 살리라")와 인간의 차원을 버리고 싶지 않은 마음("나는 아니라고 말했다. 왜냐하면 나 또한 인간이기 때문이다")사이의 망설임. 진실에 대한 집착과 진실에 도달할 능력이 없음으로 해서 그냥 무심해지고 싶은 욕구. 죽음에 대한 두려움과 삶에 대한 정열적인 사랑. "땅, 하늘, 꿈, 행동, 신, 모두가 사랑의 대상이다. 삶이 지닌 온갖 형태를 골고루 사랑하라." 그리하여 결국은 모순과 그 모순에서 오는 괴로움을 삶의 현실 자체로서 받아들인다. 그 현실 속에서는 정신과 마음의 논리가 이 세계의 무질서와 다툰다. "산다는 것은 그 자체가 하나의 충분한 반항이 아닌가?"

카뮈가 겨우 열아홉 살밖에 안 되었을 때 쓴 이 몇 줄의 글에 대해 독자는 그것에 값하는 중요성 이상을 부여하지는 않을 것이다. 카뮈는 생전에 그 글을 한 번도 출판한 적이 없었다. 우리들에게 그 글들은 그의 사진이나 친구들의 추억이 우리에게 전해주는 저 길쭉하고 창백한 얼굴, 저 불타는, 그러나 약간 따분해하는 눈길을 조명해주는 것 이상의 중요성은 갖고 있지 않다. 형식에 대한 취미와 상대에게 당당하게 맞서고자 하는 의지가 하나가 되어 있는 어떤 댄디즘에 이를 정도로 자신의 외양에 신경을 쓰는 우아한 청년, 마치 모든 지적인 우아함으로도 그를 괴롭히는 악의 추악함을 보상할 수 없다는 듯, 태양과 바닷가의 모래밭으로도 그의 어머니의 가난과 말없는 불행을 지울 수 없다는 듯, 그리고 그가 어떤 더 깊은 불행에,

신성한 것에의 감각이나 초월에 대한 감각을 단순하고 충만한 인간성에 대한 취향과 한데 합치거나 타협시킬 능력이 없다는 불행에 시달리고 있다는 듯, 소탈하고 총명하며 아이로니컬하면서도 기꺼이 신비주의적인 청년. 모든 청소년이 그러하듯 카뮈는 자신이 이곳에 있으면서도 동시에 다른 곳에 있으며, 당당하면서도 유배당해 있는 것으로 느낀다. 유일한 존재이며 동시에 남과 다름없는 존재로, 따분해하는 동시에 열광적이라고 느낀다. 아마도 그의 천재성의 핵심은 그 당시에 그가 무질서하고 서정적인 제자리걸음으로 외칠 줄밖에 모르던 것을 견고하고 군더더기 없는 언어로 일생 동안 표현했다는 데 있다고 할 수 있을 것 같다.

하여간 그때부터 카뮈는 장차 지금의 이 에세이로 모습을 갖추게 될 것을 찾아내기에 이르렀다. 즉 진실과 통일성에 대한 근본적 탐구로서의 철학과 그 같은 탐구로부터 아주 자연스럽게 스며 나오는 시 사이의 중간적 형식이 이 에세이인 것이다. 벌써부터 그는 일체의 무상적 유희로서의 문학과 동시에 단순한 리얼리즘을 모두 멀리한다. 글은 유희가 될 수도 없고 조서調書가 될 수도 없는 것이다. 글은 사실 속에서는 그렇게 될 수 없는 바로 그것을 말 속에서 반박하고 요구하고 정복하고 화해시킨다. 그렇기 때문에 카뮈는 우선 낭만주의적인 대화에서 어떤 적절한 표현 형식을 발견할 수 있다고 믿었던 것이다. 또 바로 그렇기 때문에 지금 우리들의 수중에 있지

해설:《안과 겉》에 대하여

않은 한 텍스트(어떤 사람들은 카뮈가 그 원고를 파기해버리는 것을 보았다고 기억하고 또 어떤 사람들은 그 글이 발표되었다고 생각한다) 〈베리아Bériha〉에서 그는 무질서 상태의 현실에 접근하기 위하여 꿈꾸는 사람의 허구라는 형식을 사용한다. 막스폴 푸세가 내게 건네준 텍스트를 참고해보건대 아마도 카뮈는 햇빛과 그림자처럼 서로 상호보완적이면서도 모순되는 형식과 내용 사이에 괴리가 있다는 것을 생각했던 것 같다. 표현이 담고 있는 논리와 엄격성이 사고의 무질서와 불확실성을 가려버리는 것이니까 말이다.

그리고 우리는 어쩌면 상당히 비판받을 여지가 있는 텍스트를 그가 얼마나 집요하게 옹호하고 있는가를, 자신의 변호에 얼마나 대단한 신념을 담고 있으며 지적인 대화에 대해 '입시반 학생다운' 것이라 할 수 있을 열의를 얼마나 강렬하게 쏟고 있는가를 주목할 필요가 있을 것이다. 막스폴 푸세는 부자레아 언덕을 산책할 때면 문학, 철학, 정치에 대한 토론이 격렬하다 못해 때로는 거칠어지기까지 했지만 항상 우정 어린 성격을 유지하던 것을 기억하고 있다. 거기서 우리는 섬세한 뉘앙스를 간과하지 않으려는 배려 뒤에서 젊은이다운 고집과 자신이 지망하는 문학의 길에 대한 신념을 엿볼 수 있다. 그러나 그 신념은 물론 참다운 본질에 대한 불안, 나아가서는 회의에 가까운 불안이 섞인 신념이다.

안과 겉

대지와 감각의 세계

같은 시기에 카뮈는 문과 입시준비반에서 공부를 하고 있었다(1932~1933). 거기서 그는 오랑에서 온 앙드레 블라미슈, 클로드 드 프레맹빌을 만나게 된다. 또 문과반에서 장 그르니에의 지도를 받고 있던 에드몽 샤를로를 알게 된다. 머지않아 장드 메종쇨, 미켈, 브니스티 등을 포함하게 되는 이 작은 그룹은 사상, 정치, 문학 및 예술 일반에 대하여 정열적인 관심을 쏟는다. 그의 프랑스어 및 라틴어 교수였던 폴 마티외는 "프랑스어 작문 숙제 속에서까지 정신 없이 철학을 하던 특수학교 입시반의 그 젊은 학생에 대하여 매우 어렴풋한 기억을 지니고 있는데… 당시 그에게는 니체가 법이었고 예언자였다. 그는 모든 화제에, 심지어는 화제와 상관없이도, 니체를 인용했다."* 중급 정도의 라틴어 실력을 가진 그는 초급 그리스어 강의를 들었다. 그의 그리스 문화에 대한 교양은 피상적인 것일 수밖에 없었지만, 몰래 엿본 천국과도 같은 그리스는 그의 눈에 훨씬 큰 위력을 행사했다.

그 무렵에 카뮈는 어떤 책을 읽었는가? 막스폴 푸셰는 대답한다. 성서, 니체, 도스토옙스키, 바르뷔스, 《라 누벨 르뷔 프랑세즈》나 《유럽》 같은 잡지, 그리고 물론 장 그르니에. 또 신

---

* 폴 비알라네에게 보낸 편지.

해설: 《안과 겉》에 대하여

비주의자들의 책, 《우파니샤드》. 클로드 드 프레맹빌의 말에 따르면 민중주의 문학이 그의 관심을 끌었고 그 자신과 마찬가지로 폐결핵 환자인 캐서린 맨스필드의 일기에도 흥미를 가졌다.

그의 건강 상태는 호전되었지만 그래도 그는 여전히 자신이 한동안 빠져 있었던 그 음울한 분위기에서 헤어나지 못하고 있었다. 1944년에 그는 기 뒤뮈르에게 이렇게 털어놓았다. "나는 그런 종류의 여행에서 돌아오는 데 12년이나 걸렸습니다. 지금도 완전히 돌아온 것은 아닙니다. 아주 낫지는 않았으니 말입니다. 처음엔 내게 용기가 없었기 때문에, 그리고 내가 연소할 수 있는 것은 모두 다 연소해버렸기 때문에 낫지 못한 것입니다. 오늘에 와서, 거리를 유지하기 위해서는, 까딱하다가는 나를 완전히 노예로 만들어버릴 이 몸뚱이를 부려먹기 위해서는, 매일같이 엄청난 노력을 해야 합니다. 그런 고역을 무릅쓸 생각은 마십시오." 그의 친구들이 확인하는 바와 같이 카뮈는 곧 회복기의 모든 제약을 포기해버리고서 삶을 한 입 가득 깨물었다. 그는 태양과 바다로 돌아갔다. 아마도 그 무렵에 지중해의 신화가 그 윤곽을 갖추게 된 것 같다. 그는 그냥 무심히 맛보았던 쾌락을 재발견하게 된 것이었다. 그러나 이번에는 또 다른 밀도가 실린 쾌락이었다. 바로 그때 그는 발레리의 영향을 받아 지중해에 바치는 저 은총의 노래를, 고대에 바치는 청춘의 찬가를 쓴 것이다. 그리스적인 것이 아니라 라

틴적인 그 노래는 장 드 메종쇨 덕분에 입수한 것이다. 물론 대단한 것이 못 되는 이 시행들은 그러나 고통을 이기고 얻은 정일감靜逸感, 자연스러운 무심 속에서의 영원, 그리고 빛 속에서 찾아오는 진정된 죽음의 확신을 말해주고 있다. 벌써부터 시지프는 행복해진 자신을 상상해보고 있는 것이다.

그러나 시몬 이에Simone Hié에게 보낸 편지의 다음과 같은 구절(1933년 말 혹은 1934년 초)은 벌써 《안과 겉》과, 특히 《결혼》과 얼마나 가까운 것인가. "우리가 꿈꾸었던 봄에 버금가는 것은 오직 저 끔찍스러운 죽음뿐임을 상기시켜주는 산사나무 꽃들 아래 탁자는 접힌다…. 이리하여 우리는 우리의 찬미나 우리의 범신론 속에서 통일성을 향하여, 혹은 복합성을 향하여 걸어가리니….

사실, 우리가 얻을 수 있는 단 하나의 대답은 우리를 신과 세계에 대립시켜놓을 싸늘한 침묵일 뿐, 우리는 신을 정복하기 위하여 엄청나게 많은 연민으로 무장할 필요가 있으리라…. 젖은 하늘과 아침의 초원 저 뒤에, 향기와 꽃 저 뒤에 무엇인가가 있는 것인가? 그 모든 것에 대하여, 그 모든 흥미로운 신비에 대하여 말하다니 나는 도대체 누구인가? 나는 믿는 자가 아니고 누구이겠는가? 그러나 내가 믿는 것은 향기와 꽃 저 뒤에 있는 그것이 아니다. 내가 믿는 것은 바로 향기요 꽃이다. 겉모습을 나는 믿는다…."

여기서도 역시 해석자는 일체의 불확실한 결론을 삼가는 것

해설: 《안과 겉》에 대하여

이 좋겠다. 하나의 텍스트는 다른 텍스트를 부정할 수 있는 법이며, 한 통의 편지가 증언하는 내용이란 더없이 불안정한 것이니까 말이다. 그러나 우리는 여기서 젊은 알베르 카뮈가 발전해가는 한 단계와 만나는 것 같다. 죽음의 고정관념은 사라지지 않았다─그러나 그것이 과연 사라질 성질의 것인가? 비니가 그랬듯이 그가 말없는 하늘을 향하여 던지는 질문은 그 비장함을 조금도 잃지 않고 있다. 이제부터 카뮈는 충만한 순결성의 시절, 그리고 젊은이다운 저 열에 들뜬 고뇌의 시절을 지나고 난 다음 대지와 감각의 세계, 사물들과 존재들, 현재와 겉모습에 굳건히 발딛고 선 것 같다. 신비가 걷혀서가 아니라, 세계의 모든 비극성은 아무런 해답도 주지 않는 하늘의 침묵 속에 있다기보다는 향기와 사랑의 연약함 속에 있어 보이기 때문이다.

절망과 삶에 대한 사랑

카뮈는 사회적 경력이나 짐짓 꾸미는 의식儀式을 통해서 자신의 혼란을 물리치는 부류의 인물이 아니다. 물론 그는 학업을 계속한다(1933년 11월, 윤리 및 사회학 시험 통과. 1934년 6월, 심리학 통과. 그러나 고전문학 과목은 실패했다가 11월에 만회. 1935년 6월, 일반철학 및 역사철학 통과. 1936년 5월, 고등연구학위 논문(D.E.S) 학위 취득). 그와 동시에 1934년 6월 16일에는* 남에게 알리지도 않은 채 시몬 이에와 결혼을 했다. 2년 전 막스-폴 푸셰의 집에서 만난 여자였다. 그는 장 그르니에와 샤를로의 집에서 그리 멀지 않은 이드라 언덕 위에 자리를 잡았다. 거기서 다소 외따로 떨어진 생활을 하면서 문득 친구들의 세계로 그 모습을 나타내곤 했다. 외따로 떨어졌다지만 그 존재가 잘 느껴질 만큼 정치 활동에도 끼어들었고 문학적 토론에도 그의 아이러니가 깃들인 자신감과 친절한 태도를 충분히 보여줬다. 그리고 점점 더 작가로서의 소명의식도 확고해졌다. 시몬 이에를 위하여 쓴 동화들 속에서까지도 그 같은 소명의식을 규정해 보이고 있다. "기다림의 끈질긴 우수에서 벗어나기 위하여 지금은 새로운 세계들을 창조할 때다. 동화는 거짓을 이야기한다고 말하는 사람들을 믿지 말라. 그렇게 말한 사람이 거짓말을 하는 것이다─그러나 요정들의 기적은 물리치면 물리치는 즉시 허공에 천천히 떠올라 일상의 도도함보다 더 진실된 그것 나름의 현실적 삶을 살러 간다. 동화를 지은 이야기꾼에게는 오직 주기만 했을 뿐 아무것도 간직하지 않았다는 씁쓸한 맛만이 남는다─씁쓸한 맛 혹은 열렬한 기쁨이."

문학적 창조의 상징인 이 동화들은 우리를 현실에서 멀어지게 하는 것이 아니다. 오히려 그 반대다. "그러므로 요정들에

---

* 그는 그때 미슐레가街에 있는 형의 집에서 살고 있었다.

해설: 《안과 겉》에 대하여

대하여 이야기할 필요가 있다…. 가장 공감이 가고 우리들에게서 가장 가까운 요정들은 오직 그 이름만이 요정과 관계를 가진 것들이다. 내가 그렇기를 바라는 바처럼 연약하고 불행하며 불안에 관심이 많은 요정들…. 어린아이의 침묵인 요정들, 오, 나의 유일하게 진실되고 유일하게 위대한 현실들, 나는 나 스스로를 잊고 싶다…. 왜냐하면 나 역시 기다리고 모색하고 희망하면서도 발견하기를 원치 않기 때문이다. 진실을 지니고 있지 않기에 나는 큰길을 좋아하지 않는다. 나는 희망이 뿌려진 메마른 길을 좋아한다. 기다릴 줄 아는 사람에게는 길의 먼지, 험한 구렁 등 온갖 도취의 기회가 다 있는 것이다.

고통의 행복, 구속의 긍지. 오, 어린아이의 침묵인 나의 현실들이여, 요정들이여." 그리고 좀 뒤에는 "어린아이는 그의 젊음이 진실임을, 그리고 체념의 관능을 맛보려면 어서 빨리 그 젊음을 잃어버려야 함을 알고 있다"라고 말한다. 그저 심심풀이로 쓴 어떤 텍스트에서 추려낸 이 몇 줄은 그가 같은 시기에 쓰게 될, 그리고 《안과 겉》의 첫 핵심을 이루게 될 〈가난한 거리의 목소리〉의 머리말 같은 분위기를 자아낸다고 할 수 있지 않을까?

이에 부인이 감사하게도 내게 맡겨준 원고는 바로 그러한 느낌을 확신하게 만든다. 1934년 11월에 그 〈가난한 동네의 목소리〉가 첫 번째 형태로 쓰여졌는데 그 글은 다음과 같은 구상에 따른 것이었다.

1. "우선 아무런 생각도 하지 않는 여자의 목소리다."(〈긍정과 부정의 사이〉 참조)

2. "다음으로 죽기 위하여 태어난 남자의 목소리다."(〈아이러니〉 2부 참조)

3. "그리고 음악에 의하여 강조된 목소리다."(미발표)

4. "그다음으로 영화관에 가느라고 그냥 남겨두고 가는 병든 자의 목소리다."(〈아이러니〉 1부 참조)

5. "인간들은 장차 다가올 노쇠라는 바탕 위에 집을 짓는다."(미발표)

이 〈가난한 동네의 목소리〉는 분명 카뮈의 눈에 벨쿠르 거리의 삶에 대한 증언으로 여겨지는 것이다. 그의 어머니와 이웃과 지기들의 삶 말이다. 그것은 벌써부터 이중, 삼중의 차원에서의 연구다. 어머니의 가난은 물론 그 자체로서도 존재하는 것이지만 헐벗음과 나이를 먹어감에 따라 점점 실감되는 무력감과 각종의 불구와 더불어 커지는 정신적 비참을 더 구체적으로 드러내 보여준다. 그리하여 가난은 결국에 가서 인간 조건의 한계와 대면하게 된 인간의 정신적 비참을 표상해 보인다. 따지고 보면 카뮈가 막스폴 푸셰에게 보낸 편지에서 확인하고 있는 것도 바로 그 점이다(1934년 말 혹은 1935년 초).

우리들 각자는 저마다 최대한의 삶과 경험을 쌓아가지

만 그것도 그 경험이 무용하다는 것을 명백하게 느끼게 될 때까지 뿐이고[*] 그런 느낌은 또한 그런 경험의 가장 심오한 표현이라는 점 이외에는 자네의 편지에 대답할 아무런 말도 찾을 길이 없네. 그러니 경험이란 하나의 실패라는 것을 믿을 수밖에 없지. 우리들의 하잘것없는 인격들의 유일한 흥미는 우리가 삶에 그냥 바쳐야 할 존재라는 그 증언 속에 담겨 있다네. 사람들은 그걸 말하고는 가버리지. 그게 바로 단순성이라는 것이지. 티파자 호텔의 주인이 말했듯이 '우리가 죽어도 우리 이야기를 하는 사람 하나 없을 거야'.

그뿐이야. 자네는 폐결핵 요양원에서, 또 누구는 파리에서[**], 나 자신은 이드라 공원에서, 우리 모두는 우리들의 조건이 절망적이라는 너무나도 뻔하고 너무나도 간단한 진실을 절망적인 공식과 탐구로 은폐하려고 안간힘을 쓰고 있다네! 그렇다고 해서 비관론자가 되어야 한다는 것은 아니라네. 사랑과 예술과 특히 종교가 있으니까. 파르테논의 하늘을 웃으면서 받아들이는 태도도 있으니까. 그리하여 그

---

[*] 《작가수첩 1》 참조. "경험이라는 말의 헛됨. 경험은 실험적인 것이 아니다. 경험을 고의로 유발할 수는 없는 법. 그걸 당할 뿐이다. 경험이라기보다는 차라리 인내. 우리는 인내한다patientons—아니 차라리 괴로워한다 pâtissons. 온통 실천적이다. 경험을 하고 나면 학자가 되는 것이 아니라 숙련공이 되는 것이다. 그러나 무슨 방면의 숙련공?"

[**] 아마도 클로드 드 프레맹빌을 두고 하는 말인 듯.

모든 것이 우리들로 하여금 시간을 보내도록 도와주는 귀중한 노리갯감이 되어주는 것이지.

더 이상 무엇을 말하겠는가? 자네는 내게 내 경험권을 형성하는 사람들 중 하나라고 나는 생각하네. 많은 경우 자네의 삶의 사건들은 내게 매우 큰 중요성을 갖는다네. 사실 내가 자네에게 하고 싶었던 말은 무엇보다도 그 점이라네….

카뮈가 《안과 겉》에서 이야기의 대상으로 삼는 사람들은 바로 그의 경험의 테두리 안에 있는 사람들이다.*** 여기서 경험이란 그 경험 자체가 실패라는 사실 이외에는 아무런 교훈도 이끌어 것이 없는 그런 경험이다. 실패란 무엇을 뜻하는가? 사랑, 예술, 종교, 그것도 아니라면 남을 지배하거나 쇼를 하는 —이것 역시 자기를 내세우는 또 하나의 방법이다(〈아이러니〉 3부에 나오는 할머니를 보라)—쾌감 따위의 소일거리를 찾는 육체와 정신의 실패를 뜻한다. 가난, 병, 고독은 그런 종류의 오락이 지닌 헛된 성질을 깨뜨려버리고 만다. 인간은 극단적으

*** 뤼시앵 카뮈에 의하면 카뮈는 어떤 어린 소녀의 가정교사 노릇을 하다가 남으로 만든 그리스도상을 지닌 그녀의 할머니를 알게 되었다고 한다. '달에 취하다avoir la lune'라는 표현은 카뮈의 어머니가 때때로 그의 할머니 마리 생테스에 대하여 쓰곤 하던 말이었다.

해설: 《안과 겉》에 대하여

로 한구석에 몰리게 되면 '자신의 영원을 의식'하게 된다(《작가 수첩 1》). 카뮈가 쓴 이런 모든 글들에는 여기, 이 '버림받은 가 난' 속에, '아들이 어머니에 대하여 느끼는 기묘한 감정'(《작가 수첩 1》) 속에, 이 헐벗음의 세계 속에, 이 세계의 모든 비참과 부를 담고 있는 하나의 축소판 사회인 양 자신 속으로 문을 닫 은 채 사회 속의 섬을 이루고 있는, 유일하다고는 못해도 매우 희귀한 이 세계 속에 진정한 삶이 존재한다는 느낌으로 가득 차 있다. 그러나 진정한 삶이 거기에 있다 해도 그 삶을 사는 어린아이는 그것을 전혀 모르고 있었다. 그는 이제부터 그의 전 작품에 지배적으로 깔리게 될 향수와 더불어 비로소 그 삶 을 발견한다. 그가 자신의 왕국을 발견하자면 적지謫地가 필요 했다. 그러나 그와 동시에 그 순간부터 삶에 대하는 그의 반응 을 요약해 보이게 되는 적지과 왕국 사이의 변증법을 구체적 으로, 육체적으로 규정한다. 그는 어머니와 아들이 도달하는 침묵 속에서조차도 인간은 결코 완전하게 타인의 존재와 만나 지 못한다는 것을 알고 있다. 납으로 만든 그리스도상과 대면 한 채 홀로 남은 늙은 여인을 위해서도, '달'에 취한 키 작은 노 인을 위해서도 자기는 아무것도 해줄 것이 없음을 그는 알고 있다. 장 그르니에가 말했듯이 우리는 그것 자체로 폐쇄되어 있어서 접근하기 어려운 섬들과 같은 존재다.

　1935년경 카뮈는 어머니를 주제로 하여 에세이를 구성해볼 생각을 했다고 추측해볼 수 있다. 손으로 쓴 어떤 종이에서 나는 판독이 가능한 한 다음과 같은 구상의 계획을 읽어냈다.

　　1장 위기

　　2장 그 여인을 아들과 대면하도록 만든 완만한 붕괴

　　할머니의 죽음

　　아들의 병

　　아들과의 이별

　　3장 두 가지 일로 버림받은 아들의 그와 병행된 경험

　　1. 같은 층에 사는 늙은 여인의 버림받음

　　늙은 아저씨의 죽음

　　한 도시의 양쪽 끝에서 혼자가 된 사람들. 이따금 만날

뿐. 두 개의 무한

　　2. 어머니와 아들

　　처음 이해점

　　치유할 길 없는 인력

　　3. 마지막 칩거

　　다시 연습. 일주일

　　상징. 노파. 노인

　　출발

　　또 다른 곳에는 다음과 같이 다른 구상이 나타나 있다. 앞의
것보다 앞선 것인지 나중 것인지는 가리기 어렵다.

1부 늙은 사람들

1장 어머니와 아들

2장 가난한 거리

3장 부조리

2부 삶의 재발견

그러고 나서 읽기가 어렵고 별로 시사적이지 못한 일련의 제목들이 이어진다.

3부

1. 어머니와 더불어

2. 세계. 나의 코미디가 당신에게 도움이 되리라.

나는 또한 같은 학생용 노트에서 에세이의 의미를 지적해주는 다음과 같은 표현을 가려낼 수 있다. "은밀한 절망과 삶에 대한 사랑을 제시할 것." 그리고 읽기 힘든 몇 줄 다음에 "부조리. 부조리." 또 이런 제목들. "나는 선택하고 싶지 않다." 그리고 "우리의 왕국은 이 세계 속에 있다."

저 빛 한복판에서

늙어가는 것과 죽음은 모든 인간을 막다른 구석으로 밀어붙인다. 생활의 어려움과 병도 마찬가지다. 카뮈는 두 가지를 다 경험했다. 아직 학생이었을 때 그는 자질구레한 일을 하며 밥벌이를 해야만 했다. 내가 발견한 어떤 메모에다 그는 전차 한 번 타는 돈을 절약하기 위하여 아침 6시에 걸어서 떠났다고 적어놓았다. 그는 시청에서 일하기도 했고《에코 달제Écho d'Alger》지에다 글을—특히 미술비평을—싣기도 했으며* 수많은 개인 교수를 했다. 그러나 금전적인 곤란도 질병도 그를 '막다른 구석'으로 몰아넣지는 못했다. 거기다 한걸음 나아가서 '낯설어지기'가 또한 필요했다. "여행의 귀중한 값은 두려움이다. 어떤 순간 우리들의 고장으로부터, 우리들의 언어로부터(프랑스 말로 된 신문 한 장은 헤아릴 수 없이 귀중한 가치를 지닌다. 그리고 다른 사람들과 팔꿈치를 부딪치며 만나고 싶어지는 카페에서의 그런 저녁 시간은 또한 어떠한가) 그토록이나 멀리 떨어져 있노라면 막연한 두려움이 우리를 사로잡고, 오랜 습관의 피난처로 되돌아가고만 싶은 본능적 욕구가 엄습한다. 그것이 바로 여행이 주는 가장 분명한 몫이다. 그 순간에 우리는 열에 들떠 있지만 동시에 구멍투성이가 된다. 조그만 충격에도 우리는 존재

---

* 나는 화가 피에르 부셰를에 관한 기사의 초고를 발견할 수 있었다.

의 바닥까지 흔들린다…. 우리가 여행을 하는 것은 교양을 위해서이다. 우리의 가장 내밀한 센스, 즉 영원에 대한 센스의 훈련이 곧 교양이라면 말이다."(《작가수첩 1》) 1935년 여름에 처음으로 아내와 함께 발레아르 섬으로 여행을 하면서 그는 "우리들의 마음속에 있던 일종의 내면적 무대장치를 부숴버리는" 그 두려움을 발견했다. 그러나 그 두려움 자체가 "저마다의 존재에, 저마다의 사물에 그것 나름의 기적과도 같은 가치를 부여한다. 저 끈적거리는 여자, 저 산더미 같고 끔찍한 살덩이가 열광적이게 되고 거의 아름다울 정도가 되며 사랑하고 싶은 욕구가 눈물 맛을 지니게 되는 어떤 영문 모를 삶의 상징으로 변하는 것이다."

이제 카뮈에게는 바닥에까지 이르는 고독의 경험이 남아 있었다. 1936년 여름(《작가수첩 1》 참조)은 힘들고 고통스러웠던 것 같다. 친구인 부르주아(〈아스튀리의 반란〉을 합작으로 쓴 저자)와 아내 시몬 이에와 같이 하게 될 프라하 여행은 그에게 느긋한 휴식을 가져다 주기는커녕 혼란을 가중시키기만 했다. 린츠에서 그는 각혈을 했다. 아내와의 사이가 결정적으로 끝장나버렸다. 그는 혼자서 돈 한푼 없이 떠났다(돈은 부르주아가 가지고 있었다). 그는 수중에 무일푼인 상태로 언어가 통하지 않는 고장 프라하에서 이제는 숱한 닻줄들이 끊어져버렸다는 느낌에 사로잡힌 채 나흘을 보냈다. 팔마에서 그랬듯이 여기서도 그는 옆방에 죽어 있는 사람과 대면한 '이방인'이었다. 영원히 중앙 유럽은 그에게 유적流謫의 고장으로, 반反지중해적 공간으로 기억될 것이다.

《작가수첩》에 따르건대 카뮈가 〈삶에의 사랑〉을 쓴 것은 1936년이고 〈영혼 속의 죽음〉을 완성한 것은 1937년이다. 그런데 그는 왜 그 텍스트들의 순서를 바꾸어놓은 것일까? 그것은 아마도 사물의 겉이 바로 그 안에서부터 나오도록, 붕괴가 있고 난 후 거기에서 생겨난 삶의 기적이 뒤따르도록 하기 위해서 그런 것 같다. 시간적 순서로 보면 프라하는 팔마 다음이다. 그러나 카뮈의 정신적 시간 순서로 보면 프라하의 붕괴 뒤에 〈삶에의 사랑〉이 예고하는 생명의 광란과 관능적인 맹렬함이 따르는 것이었다. 그리하여 자기가 묻힐 무덤을 미리 구입해둔 독특한 노파 이야기로 글을 마무리 지은 것은* 사라져버리는 시간을 민첩한 포착으로 보상하고 싶은 그의 의지를 좀더 효과적으로 잘 긍정하기 위해서이다. 모든 종류의 가난, 즉육체적 가난과 영혼의 가난의 세계를 두루 섭렵하는 그 순간의 끝에 이르러 그는 어른이 되기를, 순간 속에서 영원에 이르기를 선택한다. 세상에는 부조리도 있고 태양도 있다. 1936년

---

* 그는 처음에는 그 이야기를 짤막하게, 아무런 주석도 달지 않고 썼다. 뤼시앵 카뮈에 따르면 그 일화는 마리 뷔르그가 들려준 것으로 이야기의 주인공은 그녀가 고용했던 사람이었다. 바로 그 마리 뷔르그가 마랭고의 양로원에서 죽었다(《작가수첩》 및 《이방인》 참조).

1월 이드라공원에서 그는 벌써 이렇게 썼다. "내가 나에게 도달하려고 노력한다면 그것은 저 빛 한복판에서다." 프라하보다 먼저 쓴 이 대목을 그는 자기 에세이의 결론의 자리에 배치한다. 부조리 속에서 살기 위해서는 명철한 의식을 지탱해야 하고 "마치 어떠어떠한 것처럼" 할 줄 알아야 한다. 이것이 곧 스물세 살 된 한 청년의 모든 지혜—그가 일생 동안 기억하게 될 교훈이다.

어떤 서문을 위한 초안에 다음과 같이 적고 있는 것을 보면 (《작가수첩 1》, 1937년 5월) 아마도 카뮈는 그것을 벌써부터 예감하고 있었는지도 모른다. "여기 소개된 모양 그대로는 이 에세이들이 많은 사람들의 생각에 그 윤곽이 불분명한 것으로 여겨질 것이다. 그것은 편의상 형식을 무시해서 그런 것이 아니라 오직 충분히 성숙하지 못했기 때문이다. 이 글들을 그것의 참된 모습 그대로, 즉 에세이로서 받아들이는 사람들에게 부탁하고 싶은 단 한 가지는 글의 전개와 발전을 따라가보아 달라는 것이다. 처음에서부터 끝에 이르기까지 독자는 거기에서 은연중의 어떤 전개 방식을 느낄 수 있을지도 모른다. 그 방식이 곧 이 책의 통일성이다. 혹 이런 변명이 헛된 것이라고 여겨지지 않는다면 나는 그 방식이 곧 이 글들을 정당화시켜주는 것이라고 말하고 싶다." 장 드 메종쇨에게 보낸 편지를 보면 독자는 이 책이 출판된 직후 카뮈가 자신의 작품에 대하여 어떻게 판단을 내리고 있는지를 알 수 있다. 즉 에세이 다음에 예술의

탐색이 뒤따른 것이다. 억제된 고뇌 다음에 《결혼》의 관능적 개화가 따른다. 그러나 여전히 부조리는 사라지지 않고 남아 있으며 그것은 그 부조리를 치유하고자 하는, 아니 적어도 그것과 균형을 이루고자 하는 욕구의 반격을 받는다.

이야기에서 명상으로

그리고 끝으로, 《안과 겉》을 집필하는 데 있어서 카뮈는 구체적인 것에서 추상적인 것으로, 이야기에서 명상으로 옮겨간다는 사실을 지적해두자. 일화적인 이야기의 의미를 확대시켜주는 대부분의 반성적 대목들은 처음 글을 쓰면서 곧장 나타난 것이 아니다. 어쩌면 부분적으로는 그런 반성적 대목들은, 처음 보기에는 산만하다고 여겨질 수 있을 텍스트들 전체에 심오한 통일성을 부여하겠다는 욕구 때문에 추가된 것일 터이다. 이런 현상은 마지막 텍스트의 경우 특히 명백하다. 〈긍정과 부정의 사이〉의 마지막 문단의 경우도 마찬가지다. 유감스럽게도 가장 최근의 원고들은 불완전한(여러 장의 원고가 한데 묶이지 않은 낱장 상태다) 것이어서 텍스트들 전체에 대하여 자신 있게 같은 말을 할 수는 없는 형편이다.

《안과 겉》의 서문은 매우 유난스럽게 정성을 쏟아서 쓴 글이다. 1949년 이래 카뮈는 그 서문을 쓸 생각을 했고 그의 첫 저서가 지닌 풍부함의 핵심인 그 같은 사랑의 형태를 장차 다른 작품에 대해서도 되찾게 되기를 꿈꾸었다. 그의 병, 그리고 그 병의 씁쓸하지만 떳떳한 결실인 "저 마음의 자유, 인간적인 이해관계에 대하여 유지하게 되는 저 가벼운 거리감"을 이야기하기 위하여 그는 1951년 3월에 다시 그 서문에 손을 댄다. 몇 페이지 더 뒤에서 그는 같은 목적으로 "그 시대 사람들 나름으로 볼테르주의자였던 삼촌", 즉 아코 삼촌의 추억을 상기시킨다. "그는 인간들 일반, 특히 그의 부르주아 고객에 대하여 가장 싸늘한 멸시를 나타냈다. 풍자와 맹렬한 비난에서 그는 재기발랄했다. 그에겐 또 성질도 있어서 나는 그와 어울리는 데 어려움을 느꼈다. 그가 죽고 없는 지금 파리에서 그를 생각할 때면 그가 보고 싶어진다."

우리는 서문의 결정적인 텍스트가 언제 쓰여졌는지 알지 못한다. 하여간 카뮈가 내게 타이핑한 상태로 그 글을 읽어주었던 1954년에는 이미 완성되어 있었다. 1953년 10월 30일 르네 샤르에게 다음과 같은 편지를 쓸 때 그는 아마도 서문을 생각하고 있었을 것이다. "그렇습니다. 어린 시절을 포기한다는 것은 불가능합니다. 그렇지만 언젠가는 그 시절과 헤어질 수밖에 없습니다. 적어도 겉으로는. 그러나 어른이 된다는 것은, 어른이 되는 일을 당한다는 것은, 그리고 때로는 어른들에게 당한다는 것은 얼마나 고통스럽습니까! 우연의 일치로군요. 나는 최근에 알제와 내 어린 시절 생각을 했답니다. 나는 먼지

투성이의 거리와 더러운 모래사장에서 자랐습니다. 우리는 수영을 하곤 했습니다. 조금만 더 멀리 가면 깨끗한 바다가 나오는 것이었습니다. 우리 집에서 삶은 힘들었습니다. 그런데 대체로 나는 마음 깊이 행복했습니다."

로제 키요

해설:《안과 겉》에 대하여

작가 연보

1913년

-11월 7일, 알제에서 동쪽으로 195킬로미터 떨어진 몽도비에
서 포도원 관리로 일하는 아버지 뤼시앵 카뮈와 그의 아내 카
트란 사이에서 출생한다.

1914년

-독일이 프랑스에 선전 포고(제1차 세계대전)를 하고 아버지 카
뮈는 알제리 원주민 보병으로 징집당해 프랑스 본토에 투입
된다. 어머니는 남편이 입대하자 두 아들과 함께 알제의 동쪽
연병장 거리에 있는 리옹가 17번지 친정으로 이주한다. 카뮈
부인은 친정 어머니 생테스 부인 밑에서 동생 에티엔 및 조제
프와 함께 가난한 생활을 한다.

-10월 마른 전투에서 부상당한 아버지 뤼시앵 카뮈가 사망한

다. 문맹인 어머니는 빈약한 종신 연금을 받으며 가정부로 일해 집안 살림을 꾸려나간다.

1921년

-카트린 카뮈와 그의 가족은 리옹가 17번지에서 93번지로 이사한다(시내에서 떨어져 있어 집세가 저렴하기 때문이다). 권위적이면서 희극적인 외할머니가 생테스가 회초리를 들고 집안의 질서를 잡는다. 그녀의 딸이자 카뮈의 어머니인 카트린은 말수가 적고 사고 능력이 온전치 못하다. 카뮈는 산문집 《안과 겉》에서 오직 말 없는 눈길로 애정을 표시할 뿐인 어머니의 침묵을 감동적으로 증언한다.

1923년

-동네 공립학교에서 카뮈는 2학년 담임인 교사 루이 제르맹의 눈에 들어 무료 개인 교습을 받으며 중고등부 장학생 시험을 준비한다. 그는 일생 동안 이 스승에 대한 감사의 마음을 잊지 않았고, 1957년 12월 노벨문학상 수상 기념 연설인 〈스웨덴 연설〉을 스승에게 헌정했다.

1924년

-카뮈의 첫 영성체. 장학생으로 선발된 그는 알제의 그랑 리세에 입학한다.

1925년~1928년

- 고등학교 친구들과 어울리면서 그는 자기 집의 가난을 더욱 뚜렷하게 의식한다. 훗날 그는 이 점을 수치스럽게 생각했다고 고백한다. 학생 대부분이 백인으로 아랍인은 드물었다. 그러나 축구 덕분에 아랍인 친구들과 어울리면서 같은 팀의 우정을 맛 볼 기회를 얻었다. 여름이면 그는 알제 중심가 철물점의 점원, 해변 대로변 선박회사의 사원으로 일하며 생활비를 보탠다.

1929년

- 알제의 번화가인 미슐레 거리 근처에 사는 이모부 귀스타브 아코(앙투아네트 이모의 남편)는 놀라울 정도로 훌륭한 책들을 소장한 서재를 갖고 있었다. 카뮈는 그의 서재에서 처음으로 앙드레 지드를 발견한다.

1930년

- 바칼로레아 시험 제1부에 합격하여 가을 학기에 철학반으로 진급한다. 철학 교사 장 그르니에가 그에게 결정적인 영향을 끼치게 된다.

1932년

- 3월에 《쉬드》에 〈새로운 베를렌〉을, 5월에 〈제앙 릭튀스―

가난의 시인〉을, 6월에 〈세기의 철학〉(베르그송론)과 〈음악에 대한 시론〉을 발표한다. 바칼로레아 제2부에 합격한다. 장 그르니에의 권유로 앙드레 드 리쇼의 소설 《고통》을 읽는다. 《일기》를 읽고 지드를 더 잘 이해하게 된 그는 그 어떤 작가보다 지드를 높이 평가한다. 장 그르니에 덕분에 프루스트를 발견하고 프루스트는 그에게 '예술가'의 표상이 된다.

-10월, 그랑제콜 입시 준비반에 들어간다.

1933년

-독일에서 히틀러가 권력을 장악하자 카뮈는 반파시스트 운동 조직인 암스테르담-플레옐에서 활동을 시작한다.

-4월, 《안과 겉》에 수록될 산문 〈아이러니〉의 초고인 〈용기〉를 쓴다.

-5월, 장 그르니에가 짧은 에세이집 《섬》을 출판한다. 카뮈는 1959년 이 책의 신판에 서문을 쓴다.

-10월, 〈지중해〉와 〈사랑하는 존재의 상실〉을 쓴다. 〈죽은 여자 앞에서(보라! 그 여자는 죽었다…)〉, 〈신과 그의 영혼의 대화〉, 〈모순들(삶을 받아들이고…)〉, 〈가난한 동네의 병원(무스타파 병원에 입원했던 때의 기억)〉 등의 글도 이 무렵에 쓴 것으로 추정된다. 건강상의 이유로 고등사범학교 입시 준비, 즉 대학교수가 되는 꿈을 접고 알제 문과대학에서 수학하며 장 그르니에와 르네 푸아리에 교수의 강의를 수강한다.

작가 연보

1934년

- 1~5월, 여러 미술 전시회 평을 《알제 에튀디앙》에 발표한다. 다시 폐가 감염된다.
- 6월 16일, 스무 살의 매력적이고 바람기 있는 모르핀 중독자 시몬 이에와 결혼한다.

1935년

- 《안과 겉》을 집필하면서 철학 학사 과정을 마친다.
- 5월, 《작가수첩》을 쓰기 시작한다.
- 6월, 철학 학사 학위를 취득한다.
- 8월, 화물선을 타고 튀니지까지 가려고 했으나 건강 문제로 여행을 중단하고 돌아온 뒤 알제 서쪽으로 68킬로미터 떨어진 로마 유적지 티파자에서 사나흘을 보낸다. 이 장소를 기리는 글이 《결혼》의 첫 번째 산문 〈티파자에서의 결혼〉이다.
- 8월 혹은 9월, 프레맹빌과 장 그르니에의 설득에 따라 공산당에 입당하여 이슬람교도 계층을 파고드는 선무 공작을 담당한다. 가을에는 친구들과 '노동극단'을 창단한다.

1936년

- 5월, 논문 〈기독교적 형이상학과 신플라톤 철학: 플로티노스와 성아우구스티누스〉로 철학 고등 디플롬을 받는다.
- 7월 17일, 스페인 내전 시작. 아내와 친구 이브 부르주아와

더불어 중부 유럽으로 여행을 떠나 인스브루크, 잘츠부르크에 이른다. 그곳에 우체국 유치 우편으로 도착한 편지를 열어 보면서 아내 시몬에게 마약을 공급해주는 의사가 그녀의 정부라는 사실을 알게 된 카뮈는 그녀와 헤어지기로 결심한다. 여름 동안은 교직이나 언론계에서 새 일자리를 구할 계획을 세운다. 시몬과 헤어지는 것은 기정사실화되었으나 법적인 이혼은 1940년 2월에야 확정된다.

- 11월, 라디오 알제 극단의 배우로 발탁된다.

1937년

- 1월, 《작가수첩》에 '칼리굴라 혹은 죽음의 의미, 4막극'이라고 적는다.

- 2월 8일, 카뮈가 주동하여 세운 알제 문화원에서 〈원주민 문화, 새로운 지중해 문화〉를 강연한다. '노동극단'이 3월에 아이스킬로스의 〈사슬에 묶인 프로메테우스〉와 벤 존슨의 〈에피코이네〉, 푸슈킨의 〈돈 후안〉을, 4월에 쿠르틀린의 〈아치 330〉을 무대에 올린다.

- 4월, 군중집회에서 카뮈는 일정한 수의 알제리 이슬람교도들에게 프랑스 시민권을 부여하는 것을 골자로 하는 블룸-비올레트 법안을 지지한다.

- 5월 10일, 《안과 겉》을 출간한다.

- 8월, 《행복한 죽음》을 위한 구상 계획을 세운다.

- 8~9월, 재발한 폐결핵 치료와 요양을 위해 알제를 떠난다. 파리, 마르세유를 거쳐 사부아, 오트잘프 지방, 뒤랑스강을 굽어보는 고산지대인 앙브렁에 체류한다. 그 후 이탈리아의 피사, 피렌체, 제노바, 피에솔레 등을 여행하고 알제리로 돌아와 《행복한 죽음》 집필을 계속한다.
- 10월, 오랑현에서 교사직을 제안받았으나 거절한다. 한편 공산당이 국제적 전략상 반식민주의 운동을 우선순위에서 제외하기 시작하자 카뮈는 공산당에서 탈당한다. 가을에 오랑 출신의 여성 프랑신 포르를 처음 만난다. '노동극단'을 해체하고 '에키프극단'을 조직한다.

1938년

- 산문집 《결혼》을 완성하고 희곡 〈칼리굴라〉를 위한 메모를 하는 한편 《행복한 죽음》을 포기하지 않은 채 장차 《이방인》에 활용될 단편적인 텍스트들을 작가수첩에 메모한다. 철학적 에세이를 집필할 계획으로 니체, 키르케고르, 멜빌의 작품들을 읽는다.
- 5월, '에키프극단'이 도스토옙스키의 《카라마조프가의 형제들》을 각색 상연하고 카뮈는 이반 카라마조프 역을 맡는다. 《작가수첩》에 메모해둔 한 대목("양로원에서 노파가 죽다")이 훗날의 《이방인》을 예고한다.
- 10월, 폐결핵 후유증으로 인한 공직 부적격이라는 신체 검사

결과로 철학 교수 자격 시험에 응시하려던 계획이 좌절된다. 새로운 일간지《알제 레퓌블리캥》의 편집기자로 활동하는 동시에 '독서살롱' 난에 문학 작품에 대한 일련의 서평들을 싣는다.

1939년

-3월, 알제를 방문한 앙드레 말로와 첫 만남을 갖는다.

-4월, 오랑을 여행하고, 1938년에 소량 한정판으로 출판한 《결혼》을 5월 알제 샤를로 출판사에서 정식 출간한다.

-7월 25일, 크리스티안 갈랭도에게 이제 막 〈칼리굴라〉를 탈고했고《이방인》집필을 시작할 것이라는 내용의 편지를 보낸다.

-9월 3일, 당국의 검열로 인해《알제 레퓌블리캥》발행을 중지하고 15일 자로《수아르 레퓌블리캥》으로 제명을 바꾼다. 카뮈는 이 신문에 알제리의 정의와 스페인 공화파를 옹호하는 글들을 싣는다.

1940년

-1월,《수아르 레퓌블리캥》이 발행 금지 처분을 받자 카뮈는 다시 오랑에 체류하며 철학 가정 교사로 생활한다.

-3월 14일, 알제리를 떠나 파리로 가서 파스칼 피아의 추천으로《파리 수아르》편집부에서 일한다.

-4월 5일, 〈모리스 바레스와 '후계자들'의 다툼〉을 《라 뤼미에르》에 발표한다.
-5월 1일, "이제 막 내 소설을 끝냈소…. 아마도 내 일은 다 끝난 것 같지 않소."(프랑신 포르에게 보낸 4월 30일 자 편지)는 아마도 《이방인》을 두고 한 말인 듯하다.
-6월 초, 독일군의 파리 점령이 임박하자 카뮈는 《파리 수아르》편집부 사람들과 함께 클레르몽페랑으로, 보르도로, 다시 클레르몽페랑으로 피난을 간다. 12월 3일, 리옹에서 프랑신과 결혼, 《파리 수아르》의 감원에 따라 카뮈는 해고당한다.

1941년
-카뮈 부부는 오랑의 아르제브가에 있는, 포르 집안에서 빌려준 아파트에서 생활하며 물질적 어려움에 직면한다.
-2월 21일, 《시지프 신화》를 탈고 후 다음과 같이 메모한다. "세 가지 '부조리'를 끝내다."(《작가수첩》)《이방인》의 원고를 읽은 장 그르니에가 그에게 미온적인 칭찬의 말을 전한다. 카뮈는 건강상의 이율조 기차 여행이 어려워 주저하지만 결국 알제로 간다. 파스칼 피아와 앙드레 말로는 《이방인》의 원고를 읽고 열광적인 반응을 보인다. 그들과 나중에는 장 폴랑 덕분에, 이 소설과 《시지프 신화》가 갈리마르 출판사 편집위원회의 손으로 넘어간다.
-7월, 전염병 장티푸스가 알제리, 특히 오랑 지역에 창궐하여

소설《페스트》의 창작에 부분적인 영향을 끼친다.

- 11월 15일, 말로에게《이방인》을 읽어준 것에 대한 감사의 편지를 보낸다.

- 11월, 갈리마르 출판사 편집위원회가 드디어《이방인》의 출판을 결정한다.

1942년

- 《페스트》를 염두에 두고 멜빌의《모비 딕》을 다시 읽는다.

- 1~2월,《작가수첩》에 "반항에 대한 에세이"를 쓰려는 계획이 등장하나, 2월에 폐결핵이 재발된다.

- 5월 19일,《이방인》이 갈리마르 출판사에서 출간된다(인쇄는 4월 21일). 당시에는 '수인들' 혹은 '추방당한 사람들'이라는 제목이었던 소설《페스트》를 위해 메모를 한다.

- 9~10월,《작가수첩》에 '가난한 어린 시절'에 대한 메모가 등장하는 이는《최초의 인간》의 몇몇 주제들을 예고한다.

- 10월,《시지프 신화》가 갈리마르 출판사에서 출간된다(인쇄는 9월 22일). 검열을 염려하여 카뮈는 카프카와 관련된 장을 삭제하는데 이 부분은 1943년 여름 리옹에서 비밀로 출간된 잡지《아르발레트》에 별도로 발표되었다가 1945년판《시지프 신화》에 '보유'편으로 편입되었다.

1943년

- 6월, 〈파리 떼〉 리허설 때 장폴 사르트르와 시몬 드 보부아르를 만난다.
- 7월, 〈칼리굴라〉를 개작한다.
- 10월, 갈리마르 출판사에 〈오해〉와 〈칼리굴라〉 원고를 보낸다. 비밀 지하 조직 '콩바combat'와 접촉한다.
- 11월, 갈리마르 출판사의 출판편집위원에 임명된다. 카뮈는 전국 레지스탕스 위원회 책임자 클로드 부르데를 만나 비밀 지하 신문 《콩바》의 활동에 가담하게 되고 이듬해 초 신문 편집국의 주된 책임을 담당한다.

1945년

- 9월 5일, 알베르와 프랑신 카뮈 사이에서 쌍둥이 남매인 딸 카트린과 아들 장이 태어난다.

1946년

- 8월, 방데 지방에 가서 미셸 갈리마르의 어머니 집에 머물며 소설 《페스트》를 탈고한다.
- 12월 1일, 부조리와 반항에 관계에 대한 성찰을 글로 쓴다. 이것은 《반항하는 인간》의 1장 초안이 된다. 카뮈 부부와 자녀들은 마침내 파리 제6구 세기에가 18번지 아파트의 세입자가 된다. 그러나 카뮈의 건강 때문에 1947년 초까지 가족은

이탈리아 국경 지방의 브리앙송에 체류한다.

1947년

-3월 17일, 파스칼 피아가 《콩바》에서 사임하면서 카뮈가 신문의 운영을 맡는다.

-6월 10일, 갈리마르 출판사에서 《페스트》를 출간한다(인쇄는 5월 24일). 이 책은 카뮈의 저서들 중 상업적으로 성공한 최초의 작품(7월에서 9월까지 9만 6000부 판매)으로 비평가상을 수상했다.

1948년

-2월 28일, 다비드 루세와 알트만이 주도해 민주혁명연합RDR을 창설한다.

-3월 초, 알제리 오랑에 머무는 가족과 합류한다.

1949년

-1월, 사르트르와 마찬가지로 카뮈 역시 RDR과 거리를 둔다.

-6월 30일, 마르세유에서 남아메리카로 출발하는 여객선에 승선하여 여러날 동안 순회 강연을 하게 된다. 남아메리카에서 체류하는 내내 카뮈는 신체적으로 고통스러운 나날을 보냈다. 그는 그것이 감기라고 여겼으나 프랑스에 돌아오자 자신의 폐가 심각하게 손상된 것을 확인하고 두 달 동안의 휴식과

치료를 강요받는다. 이 여행 동안 《정의의 사람들》을 마지막으로 수정한다.

1950년

- 1월, 고산 요양을 위하여 알프마리팀 지방의 그라스 근처 카브리에 체류 후 서서히 건강이 호전된다.
- 2월, 갈리마르 출판사에서 《정의의 사람들》이 출간된다.

1951년

- 10월 18일, 갈리마르 출판사에서 《반항하는 인간》이 출간된다.

1952년

- 5월, 가스통 라발이 《반항하는 인간》에 대해 쓴 글에 대한 회답을 《리베르테》에 발표한다. 사르트르로부터 카뮈의 《반항하는 인간》에 대한 서평을 의뢰받은 프랑시스 장송이 《레탕모데른》에 격렬하고 모욕적인 글을 발표한다.
- 8월, 이에 카뮈는 《레탕모데른》에 프랑시스 장송이 아니라 이 잡지의 '발행인' 장폴 사르트르 앞으로 보내는 6월 30일 자 카뮈의 반론 편지를 발표한다. 사르트르가 그 편지에 회답함으로써 두 사람의 우정은 깨진다.

1953년

- 갈리마르 출판사에서 《시사평론 2, 1948~1953년 연대기》를 출간한다. 이 해에 그는 도스토옙스키에 대한 메모를 계속하며 《악령》의 각색을 계획한다.

1955년

- 1월 11일, 《페스트》를 분석한 글에 대해 롤랑 바르트에게 답하는 편지를 쓴다. 카뮈의 서문을 붙인 로제 마르탱 뒤 가르의 전집이 갈리마르 출판사의 플레이아드판으로 출간된다.

1956년

- 5월, 갈리마르 출판사에서 《전락》이 출간된다.

1957년

- 10월 16일, "오늘날 우리 인간 의식에 제기되는 여러 문제를 조명하는 중요한 문학 작품"이라는 선정 이유와 함께 노벨문학상 수상 소식을 접한다. 프랑스 작가로는 아홉 번째이며 최연소(마흔네 살)였다.
- 12월, 연말과 그 이듬해 초에 걸쳐 심각한 불안 증세를 보인다.

1958년

- 1월, 1957년 12월 10일의 연설과 14일의 강연을 한데 모은 《스웨덴 연설》(갈리마르)이 출간된다. '프랑스령 알제리'를 고수하는 사람들과 알제리 독립을 주장하는 사람들을 다 같이 멀리하면서 카뮈는 이제부터 일체의 공식적 입장 표명을 자제하고 알제리를 구성하는 두 공동체의 권리를 다 함께 보호하는 연방국가적 해결책의 희망에 매달린다.

1959년

- 1월 30일, 도스토옙스키 원작, 카뮈 각색의 〈악령〉이 앙투안 극장에서 상연된다.
- 11월 15일, 카뮈는 다시 루르마랭에 체류하며 《최초의 인간》의 집필에 열중한다.

1960년

- 1월 3일, 미셸 갈리마르가 운전하는 자동차에 편승하여 루르마랭의 시골 집에서 파리로 출발. 미셸의 아내 자닌과 그녀의 딸 안이 동승했다. 프랑신 카뮈는 그 전날 기차를 타고 파리로 돌아갔다. 도중에 1박을 하고 1월 4일, 욘 지방 몽트로 근처 빌블르뱅에서 자동차 사고로 카뮈는 즉사하고 미셸 갈리마르는 닷새 뒤 사망한다.
- 9월, 어머니 카트린 카뮈가 알제의 벨쿠르에 있는 자택에서

사망한다. 알베르 카뮈는 남프랑스 루르마랭 마을의 공동 묘지에 묻혔다. 후일 아내 프랑신 카뮈 역시 같은 묘지에 묻혔다.

옮긴이의 말(2024년)

알베르 카뮈의 이름이 처음으로 표지에 찍힌 《안과 겉》은 1937년 5월 10일 알제의 에드몽 샤를로 출판사에서 나왔다. 초판 350권. 이 출판사의 〈메디테라네안〉 총서 두 번째 책이었다. 첫 책은 장 그르니에의 《산타크루스》였다. 당연하다는 듯 카뮈는 당시의 스승인 장 그르니에에게 이 책을 헌정했다. 이 얄팍한 산문집의 존재는 카뮈가 노벨문학상을 받도록 프랑스 본토에서는 알려지지 않았다. 저자가 젊은 시절에 쓴 책이 지중해를 건너도 좋다고 허락하기까지 20여 년을 기다리지 않으면 안 되었다. 마침내 1958년, 《안과 겉》은 감동적인 서문과 더불어 갈리마르의 〈에세〉 총서에 포함되어 나왔다.

"사람은 잃어버린 가난에 대하여 향수를─낭만주의에 젖지 않고─느낄 수 있다는 것, 가난하게 살아온 수년간의 세월은 어떤 감수성을 형성하기에 충분하다. 이런 특별한 경우에 아들이 그의 어머니에 대하여 품고 있는 기이한 감정은 그의 감수성 전체를 이룬다." 스물두 살의 청년 카뮈가 그의 의식 속에 눈뜨기 시작하는 글쓰기의 막연한 욕망의 기미를 피력한 《작가수첩》의 이 첫 페이지는 곧 《안과 겉》의 핵심을 가리킨다. 가난한 동네의 삶, 어머니에 대한 "기이한" 감정. 이 막연한 주제들은 장차 부조리와 반항의 주제로 발전한다.

1958년에 추가한 서문에서 카뮈는 못 박아 말한다. "하나의 언어를 구축하고 신화神話들에 생명을 불어넣으려는 그토록 많은 노력에도 불구하고 만약 내가 어느 날엔가 《안과 겉》을 다시 쓰는 데 성공하지 못한다면, 나는 결국 아무것도 성공하지 못한 것이나 마찬가지다." 그리하여 그가 혼신의 힘을 기울여 "다시" 쓰기 시작한 새로운 "안과 겉"은 바로 그의 마지막 소설 《최초의 인간》이었다. 그 작품은 1960년 1월 4일 루르마랭에서 파리로 향하는 7번 국도상에서 문득 찾아온 죽음이 영원한 미완의 작품으로 남겨놓고 말았다. 그러나 카뮈의 최초의 작품이나 최후의 작품 "중심"에서 지금도 우리는 "한 어머니의 저 탄복할 만한 침묵, 그리고 그 침묵과 균형을 이루는 정의, 혹은 사랑을 찾으려는 한 인간의 노력"을 읽어낼 수 있다. 《안과 겉》은 미완의 소설 속에서 "침묵"의 목소리로 반향한다.

원기 왕성한 40대 불문과 교수 시절이던 1988년, 카뮈 전

집에 포함하여 처음 번역했던《안과 겉》을 30여 년이 훌쩍 지난 뒤 여유를 가지고 원문을 느릿느릿 곱씹어 읽고 음미하며 다시 번역했다. 새로운 번역을 한 땀 한 땀 새겨가는 동안 젊은 카뮈의 목소리가 이명처럼 귓전에 따라다니는 느낌이었다. "삶에 대한 절망 없이 삶에 대한 사랑은 없다." 나이 먹어 침침해진 눈을 다독이며 어색한 번역을 바로잡기도 하고 주석을 달기도 하면서 다시 한번 젊은 카뮈에게서 삶에 대한 절망적 사랑을 배울 수 있었음에 감사한다.

2024년 5월

김화영

옮긴이의 말(1988년)

　《안과 겉》은 카뮈의 생전에 출판된 그의 작품들 중에서 사실상 최초로 발표된 것이니 가히 처녀작이라 할 만하다.

　이 책의 중요성과 한계는 작가 자신의 그 유명한 서문과 로제 키요의 해설로써 충분히 헤아려진다고 믿는다. 항상 투명하고 단순한, 그러나 정열에 찬 카뮈의 문체에 비하여 이 젊은 시절의 글은 서투르고 불분명한 구석이 많다. 그러한 한계가 때로는 우리에게 유별난 감동의 원천이 되기도 한다. 그 서투름 속에서 번민하는 젊음의 진동이 아직도 가라앉지 않은 채 우리의 영혼 속으로 직접 전달되어오기 때문이다.

　빛과 어둠, 프라하와 비첸차, 죽음과 태양 등으로 끊임없이 변주를 거듭하는 삶의 '안'과 '겉'—이 두 가지의 뗄 수 없는 상관관계는 알베르 카뮈가 다루는 필생의 주제다. 그래서 작품 《안과 겉》은 그의 모든 작품의 출발이요 원천이다. 이 작품을 이해하지 못하고 카뮈를 이해하는 것은 불가능하다.

"이 극단한 의식의 극한점에서 모든 것이 하나로 융합되면서 나의 생은 송두리째 버리든가 받아들이든가 해야 할 하나의 덩어리처럼 생각되는 것이었다." 이것이 카뮈의 해답이다. 안과 겉은 '하나'의 덩어리인 것이다. 안과 겉 중에서 어느 하나를 선택한다는 것은 삶에 대한 배반이다.

흔히들 '표리(表裏)'라고 번역해온 표제 'L'Envers et L'Endroit'를 나는 좀 더 쉽게 '안과 겉'으로 옮겨보았다. 텍스트로는 플레야드Pleiade판 카뮈 전집 제2권 《ESSAIS》에 실린 것을 선택했다.

1988년 가을

김화영

안과 겉

안과 겉

초판 1쇄 발행 1988년 10월 15일
개정1판 1쇄 발행 1998년 3월 10일
개정2판 1쇄 발행 2024년 6월 5일
개정2판 2쇄 발행 2024년 7월 1일

지은이 알베르 카뮈
옮긴이 김화영

펴낸이 김준성
펴낸곳 책세상

디자인 THISCOVER

등록 1975년 5월 21일 제2017-000226호
주소 서울시 마포구 동교로23길 27, 3층(03992)
전화 02-704-1251 **팩스** 02-719-1258
이메일 editor@chaeksesang.com **홈페이지** chaeksesang.com
광고·제휴 문의 creator@chaeksesang.com
페이스북 /chaeksesang **트위터** @chaeksesang
인스타그램 @chaeksesang **네이버포스트** bkworldpub

ISBN 979-11-5931-783-5 04860
979-11-5931-936-5 (세트)